GWERS
MEWN
CARIAD

Cyhoeddwyd yn 2018 gan
Wasg Gomer, Llandysul, Ceredigion SA44 4JL
www.gomer.co.uk

ISBN 978 1 78562 237 3

Dymuna'r cyhoeddwyr gydnabod cymorth ariannol
Cyngor Llyfrau Cymru.

Argraffwyd a rhwymwyd yng Nghymru gan Wasg Gomer,
Llandysul, Ceredigion SA44 4JL

GWERS MEWN CARIAD

BECA BROWN

LLUNIAU GAN
HYWEL GRIFFITH

Gomer

Pennod 1

'Maaaaam ...?'

Na, ddim plentyn dwy oed sy'n galw, ond oedolyn – oedolyn pump ar hugain oed – fy merch i. Ond ddim hi ydy'r unig un sy'n galw arna i fel yna chwaith – dw i'n clywed 'Liiiiiiiiiz ...?' yn aml iawn hefyd, gyda'r geiriau '... lle mae fy? ... wyt ti wedi gweld? ... fedri di wneud? ...' yn ei ddilyn. Fi ydy'r un sy'n codi'r trôns budr; yn dod o hyd i'r goriadau **coll** ac yn **lleddfu hwyl ddrwg** gyda phaned foreol. Fi sy'n **achub y dydd** pan mae fy merch wedi anghofio rhoi petrol yn ei char – wel, yn fy nghar i – neu pan mae fy ngŵr wedi anghofio mynd â ffeil HOLLBWYSIG i'r ysgol ar gyfer cyfarfod **TYNGEDFENNOL**. Weithiau mi glywa i 'Liz? Dw i ddim yn nabod unrhyw un o'r enw Liz! Ewch allan o fy nghartref i!' Fy mam sy'n dweud hynny wrtha i. Fy mam annwyl ac **anghofus** sy'n cofio neb na dim erbyn hyn – ddim hyd yn oed ei merch ei hun.

Dyna pwy ydw i. Mam i rywun. Merch i rywun. Gwraig i rywun. Gwraig i Dilwyn, pennaeth ysgol prysur a

coll – *lost, missing*	**achub y dydd** – *to save the day*
lleddfu hwyl ddrwg – *to alleviate a bad temper*	**tyngedfennol** – *critical, crucial*
	anghofus – *forgetful*

phwysig. Fi sy'n **gweinyddu** ac yn trefnu ac yn **atgoffa** ac yn gwneud yn siŵr fod pawb wedi bwyta a bod eu dillad nhw wedi eu smwddio. Dyna ydw i – ond ddim fel yma dw i'n teimlo.

Mae fy merch, Sara – **cannwyll fy llygad** – mewn cariad. Mae ei llygaid yn **pefrio** gyda **chynnwrf** ac **anturiaethau** posib, ac mae hi wrth ei bodd efo Daniel, ac mae o'n **dotio arni** hi. Ydw i'n **eiddigeddus**? Wrth gwrs fy mod i! Pwy na fyddai'n **dyheu** am gael teimlo'r **wefr** yna unwaith eto – y wefr o gael profi **croen gŵydd** bob tro mae rhywun yn cyffwrdd ynddoch chi a'ch calon yn **llamu** bob tro mae eich **anwylyd** yn cerdded i mewn i'r ystafell. Dw i'n cofio teimlo fel yna …

Liz dw i, dynes bum deg a rhywbeth oed ac athrawes Cymraeg i Oedolion. Ro'n i'n athrawes ysgol gynradd ar un adeg, ond pan ddaeth Sara – y babi y buon ni mor hir yn trio ei gael – arhosais i adra er mwyn mwynhau'r **profiad** o fod yn fam. Buan iawn wnaeth Dilwyn arfer gyda fy nghael i yn y cartref, ar gael bob amser i helpu a **chefnogi** ac i baratoi prydau blasus o fwyd oedd yn ateb **disgwyliadau** pennaeth **parchus**.

gweinyddu – *to administrate*	**dyheu** – *to yearn*
atgoffa – *to remind*	**gwefr** – *thrill*
cannwyll fy llygad – *the apple of my eye*	**croen gŵydd** – *goosebumps*
	llamu – *to leap*
pefrio – *to sparkle*	**anwylyd** – *loved one, darling*
cynnwrf – *excitement*	**profiad** – *experience*
anturiaethau – *adventures*	**cefnogi** – *to support*
dotio ar – *to dote*	**disgwyliadau** – *expectations*
eiddigeddus – *jealous*	**parchus** – *respectable*

Wrth i Sara fynd yn hŷn, ro'n i ar dân eisiau gadael y cartref a **chyflawni** rhywbeth tu hwnt i fod yn wraig ac yn fam. Mi ges i hyfforddiant i fod yn athrawes ail iaith, a bellach dw i'n cynnal dosbarthiadau yn y neuadd bentref i oedolion sydd am ddysgu Cymraeg. Mae'r gwaith wedi bod yn **gysur** ac yn **ddihangfa**, ond dros y blynyddoedd mae fy **rhwystredigaeth** cyffredinol wedi **cynyddu** a dw i'n cael fy hun yn holi yn aml beth ydy fy mhwrpas i yn y byd erbyn hyn.

Er ei bod erbyn hyn yn bump ar hugain oed mae Sara wedi byw adra ers gadael y brifysgol, ac mae Daniel ei chariad yn byw efo ni hefyd. Peidiwch â fy **nghamddeall** i, dw i'n falch o gael fy merch yn agos, **yn enwedig** pan dw i'n clywed am blant pobl eraill sydd wedi symud dramor ac i ben draw'r byd, ond dw i'n teimlo'n aml mai yma i **weini** ydw i, yma i **wasanaethu** ac yma i wneud bywyd pobl eraill yn haws.

Pan dw i ddim yn codi **llanast** Sara, Daniel a Dilwyn dw i'n gofalu am fy mam sy'n dioddef o'r **clefyd** ofnadwy hwnnw, Alzheimer's. Weithiau mi fydd hi mewn hwyliau da ac mae sbarc yn ei llygaid fel roedd 'na ers talwm, ond yn amlach o lawer erbyn hyn mae hi yn ei byd bach ei hun – byd cyn i mi gael fy ngeni hyd yn oed. Mae hi'n meddwl ei bod yn ugain oed eto, ac yn cofio'r bobl oedd

cyflawni – *to achieve, to fulfil*	**yn enwedig** – *especially*
cysur – *consolation*	**gweini** – *to wait (upon)*
dihangfa – *escape*	**gwasanaethu** – *to serve*
rhwystredigaeth – *frustration*	**llanast** – *mess*
cynyddu – *to increase*	**clefyd** – *disease*
camddeall – *to misunderstand*	

o'i chwmpas yr adeg honno. Mae hi'n cofio'r dynion ifanc golygus roedd hi'n eu ffansïo, yn cofio'r **dawnsfeydd** a chynnwrf bod yn ifanc. Dydy hi ddim yn cofio mynd yn hen nac yn cofio colli fy nhad nac yn cofio pwy dw i, hyd yn oed. Tybed ydy ei byd bach hi'n hapusach na fy un i weithiau ...

'Maaaaam ... pryd fydd swper heno?'

Sara sy'n galw wrth gwrs.

'Ar yr amser arferol, pam wyt ti'n holi?'

'Oes bosib i ni ei gael o ychydig yn gynt? Mae Daniel isio mynd i'r pyb i wylio'r gêm ...'

Mi fydd rhaid **ufuddhau** wrth gwrs, dan ni ddim eisiau i Daniel fod yn hwyr i wylio'r gêm bêl-droed efo'i ffrindiau, nac ydan? Mae gen i noson gyffrous iawn o fy mlaen gan ein bod **ar drothwy** tymor newydd a dw i angen **gwirio** pwy fydd yn fy nosbarth i eleni. Dw i'n dysgu un dosbarth i ddechreuwyr ar ben y dosbarthiadau canolradd, felly enwau newydd fydd y rhain i gyd fel arfer, oni bai am y rhai sydd wedi methu symud ymlaen am ba bynnag reswm.

Merched canol oed fel fi ydy'r rhan fwyaf o fy myfyrwyr i fel arfer – merched sydd wedi ymddeol a bellach yn gweld fod ganddyn nhw amser ar eu dwylo i fwynhau hobi. Mae nifer ohonyn nhw'n gwarchod eu hwyrion a'u hwyresau ac yn awyddus i gefnogi'r rhai bach gyda'u Cymraeg. Merched deallus ydy nifer fawr o fy myfyrwyr i ac maen nhw'n dysgu'n gyflym ac yn datblygu i fod yn hyderus eu Cymraeg yn sydyn iawn. Weithiau, merched **swil** sy'n dod

dawnsfeydd – *dances*	**gwirio** – *to check*
ufuddhau – *to obey*	**swil** – *shy*
ar drothwy – *on the verge of*	

am wersi, rhai sydd wedi colli hyder ar ôl blynyddoedd o fagu plant adra. Maen nhw'n mentro allan am y tro cyntaf ers amser i wneud rhywbeth sy'n eu plesio nhw a dim ond nhw. Maen nhw bron â bod yn teimlo'n **euog** am wneud, fel tasai hi ddim yn iawn iddyn nhw fod yn treulio amser yn dilyn diddordeb personol.

Dw i wedi gweld y merched yma yn datblygu o ran hyder ac yn **blaguro** o flaen fy llygaid. Maen nhw'n dechrau cerdded yn wahanol a chario eu hunain yn **dalsyth** yn lle trio cuddio rhag y byd. Maen nhw'n dechrau gwisgo'n wahanol, newid steil eu gwallt ac yn dechrau mynd allan i'r theatr Gymraeg ac i gymdeithasau lleol. Weithiau mae eu gwŷr yn cael **braw** – dydyn nhw ddim wedi arfer efo'r wraig 'newydd' hyderus yma sydd wedi **hawlio** amser iddi hi ei hun, a dydyn nhw ddim bob tro yn hoffi'r newid. Dw i wedi gweld ambell i **briodas** yn **chwalu** oherwydd hyn, ond dw i ddim yn sôn gormod am hynny – dydy o ddim yn hysbyseb arbennig o dda i ddod i ddosbarth Cymraeg!

Mae'r enwau ar gyfer y dosbarth dechreuwyr i gyd yn newydd. Wendy, Nicola, Phillipa, Julie, Janet. Merched i gyd. O, ond mae un enw dros y dudalen – Liam. Un dyn bach yng nghanol y merched! Tybed sut fydd Liam yn **ymdopi** efo hynny?

euog – *guilty*	**hawlio** – *to claim*
blaguro – *to bud, to flower*	**priodas** – *marriage, wedding*
talsyth – *tall and upright*	**chwalu** – *to break down, to fail*
braw – *fright*	**ymdopi** – *to cope*

Pennod 2

'Liiiiiiiz …?'

'Ia, cariad?'

'Ti'n cofio lle wnes i roi **cofnodion** y Cyfarfod **Llywodraethwyr**?'

'Yyym … Dw i'n meddwl eu bod nhw o dan y papur newydd ar y bwrdd bach yn y *conservatory*.'

'Na, dw i wedi chwilio yn fan'na yn barod …'

Dydy'r ffaith fod Dilwyn wedi chwilio yn rhywle yn barod yn **golygu** dim byd wrth gwrs, oherwydd dydy syniad Dilwyn o chwilio a fy syniad i o chwilio ddim yr un fath o gwbl. Mi aiff Dilwyn i mewn i ystafell, edrych o'i gwmpas yn frysiog a **diamynedd**, **gwylltio**, cerdded allan o'r ystafell, a gweiddi arna i i fynd i chwilio eto.

Dw i'n mynd i mewn i'r ystafell haul. **Wele**'r cofnodion, o dan rifyn ddoe o'r *Times*.

'Dyma nhw, cariad …'

Mae'n **cipio**'r cofnodion o fy llaw gan **fwmian** 'diolch' o dan ei wynt, cyn taro sws ar fy **nhalcen** a mynd am y drws ffrynt.

cofnodion – *minutes (of meeting)*	**wele** – *behold*
llywodraethwyr – *governors*	**cipio** – *to seize, to snatch*
golygu – *to mean, to signify*	**mwmian** – *to mutter*
diamynedd – *impatient*	**talcen** – *forehead*
gwylltio – *to lose one's temper*	

Mi ga i gwmni Sara heddiw achos ei bod hi ddim yn ei gwaith. Wedi **cymhwyso** i fod yn athrawes babanod mae Sara, ond **gwaith llanw** fel **cymhorthydd dosbarth** ydy'r unig gynigion mae hi'n eu cael ar hyn o bryd. Mae'r byd **addysg** wedi mynd yn **gystadleuol** iawn ac mae swyddi parhaol yn **brin** fel aur, ond pan dw i'n gweld Sara yn mynd am **gyfweliadau** yn gwisgo'r ffasiynau diweddaraf ac yn sownd wrth ei ffôn yr holl ffordd yno, **fedra i ddim llai na** holi fy hun sut **argraff** mae hi'n ei roi i'r panel cyfweld. Dw i'n dotio at Sara, mae hi'r ferch **anwyla'n fyw**, ond weithiau dw i'n teimlo fel ei hysgwyd hi a dweud wrthi am **wneud yn fawr o** bob cyfle sy'n dod, gan fod bywyd yn mynd heibio mor gyflym ac yn aml dydyn ni ddim yn gwneud yn fawr o holl bosibiliadau ac anturiaethau bywyd.

Mae Sara mor brydferth a charedig ac mae hi'n edrych ymlaen yn ofnadwy at symud i mewn efo Daniel i'w fflat newydd cyn hir. Dechrau bywyd newydd fel cwpl ifanc – mae'r cyfan mor gyffrous iddi, a'r prynhawniau Sul yn **crwydro** Ikea yn llenwi ei byd. Ond weithiau dw i'n teimlo fel sgrechian, 'Paid â **bodloni** ar hyn, paid â gwneud dy **berthynas** yn **ganolbwynt** dy fywyd **ar draul** pethau eraill.'

cymhwyso – *to qualify*	**argraff** – *impression*
gwaith llanw – *supply work*	**anwyla'n fyw** – *most dear alive*
cymhorthydd dosbarth – *classroom assistant*	**gwneud yn fawr o** – *to make the most of*
addysg – *education*	**crwydro** – *to wander*
cystadleuol – *competitive*	**bodloni** – *to be satisfied; to satisfy*
prin – *rare*	**perthynas** – *relationship*
cyfweliadau – *interviews*	**canolbwynt** – *centre, core*
fedra i ddim llai na – *I can't help*	**ar draul** – *at the expense of*

Faswn i byth yn dweud hynny wrthi, cofiwch, gan 'mod i'n **ymwybodol** 'mod i'n swnio fel hen sinic chwerw sy'n eiddigeddus wrth bâr ifanc llawn **delfrydau** am y dyfodol. Dyna ydw i, mae'n siŵr, a sgen i ddim rheswm i deimlo felly **mewn gwirionedd**, gan fy mod i a Dilwyn yn ddigon hapus, ar y cyfan. A phwy sy'n hapus drwy'r amser, ynte?

Dw i wrth fy nesg yn paratoi at y dosbarth dechreuwyr pan ddaw Sara i lawr a golwg hanner cysgu arni.

'Oes 'na fara **hadau** yma?'

'Wn i ddim, fydd rhaid i ti chwilio.'

'Hmmm … *granary* ydy hwn …'

'Oes gwahaniaeth mawr?'

'**OMB**, Mam! Oes gwahaniaeth?! Wel wrth gwrs bod gwahaniaeth! Ti'n gwybod mai bara hadau mae Daniel a fi yn ei hoffi …'

'Wel, mi fyddwch chi'n gallu prynu **faint fynnwch chi** o fara hadau yn y fflat newydd, yn byddwch!'

'Wyt ti'n hintio eto, Mam?'

'Nac ydw, cariad. Ond os wyt ti isio bara hadau yna mi wyt ti'n gwybod lle mae'r siop.'

'Beth sy'n bod arnat ti heddiw? Y *menopause*?'

Dw i'n brathu fy nhafod. Tasai unrhyw un yn **meiddio** awgrymu wrth Sara ei bod hi mewn hwyliau drwg oherwydd ei **mislif** mi fasai hi'n eu cyhuddo o fod yn **foch rhywiaethol**.

ymwybodol – *aware, conscious*	**faint fynnwch chi** – *as much as you want*
delfrydau – *ideals*	
mewn gwirionedd – *in truth, in reality*	**meiddio** – *to dare*
	mislif – *period, menstruation*
hadau – *seeds*	**moch rhywiaethol** – *sexist pigs*
OMB – *O Mam Bach (an exclamation!)*	

'Nage, Sara, ond dw i'n cael llond bol weithiau o gael fy **nhrin fel morwyn.**'

'O Mami, ti'n gwybod faint dan ni i gyd yn dy garu di … mi wna i baned i ti, ocê?'

A dyna hi wedi fy **swyno** i unwaith eto a finnau'n **cydio** amdani yng **nghoflaid** dynn mam sy'n **maddau** popeth i'w merch. Ydy, mae Sara yn gwneud paned i mi, ond yn y broses o wneud hynny mae hi'n llwyddo i golli hanner peint o lefrith dros lawr y gegin mewn camgymeriad. Pwy sy'n glanhau'r llanast ar ei hôl? Ie, dyna chi – fi.

Mae paratoi at wers gyntaf cwrs dechreuwyr yn ddigon rhwydd. Dw i'n ymwybodol o beidio â'u **dychryn** nhw ar eu noson gyntaf, ac felly bydda i'n ceisio gwneud y cyfan yn hwyl ac yn fwy o noson gymdeithasol na gwers **ffurfiol**.

Cychwyn gyda'r pethau **sylfaenol** wnawn ni heno, sut i **gyfarch** ein gilydd, **holi hanes** ein gilydd ac ati. Ond ddown ni ddim i nabod ein gilydd heno chwaith, gan fy mod i bob amser yn gofyn i fyfyrwyr newydd greu cymeriad a phenderfynu ydy'r cymeriad hwnnw yn briod, faint o blant sydd ganddo ac ati. Y rheswm dros wneud hynny ydy 'mod i'n gallu cyfarch a holi hanes y myfyrwyr heb **dramgwyddo**. Mi wnes i benderfynu gwneud hyn ar

trin fel morwyn – *to treat like a maid*	**dychryn** – *to frighten*
	ffurfiol – *formal*
swyno – *to charm*	**sylfaenol** – *basic*
cydio – *to grab*	**cyfarch** – *to greet*
coflaid – *hug, embrace*	**holi hanes** – *to ask about*
maddau – *to forgive*	**tramgwyddo** – *to offend*

ôl holi yn **ddiniwed** oedd gan un ddynes yn y dosbarth blant. Dechreuodd **feichio crio** gan ddatgelu ei bod wedi dymuno cael plant ond wedi methu â **gwireddu** ei breuddwyd. Mae holi ydy rhywun yn briod yn gallu arwain at yr un **canlyniad** os ydy myfyriwr newydd **ysgaru**. Wrth ofyn iddyn nhw greu cymeriad **ffuglennol** dw i'n saff, ac mi ddaw'r myfyrwyr i nabod ei gilydd yn naturiol wrth i'r wythnosau fynd yn eu blaenau ac wrth i mi drefnu ambell i noson gymdeithasol.

Mae hi'n deimlad braf cael cerdded am y neuadd bentref unwaith eto ar ôl haf o ymlacio, a taswn i'n onest, haf o ddiflasu hefyd. Dw i'n mwynhau cynnal y dosbarthiadau, ac mae'n gyfle i gwrdd â phobl newydd a dysgu am fywydau pobl faswn i byth yn eu cyfarfod yn fy mywyd pob dydd.

Mae'r neuadd yn edrych yn **groesawgar** braf yn haul yr hwyr, ac mae sawl car wedi parcio yno'n barod sy'n arwydd **calonogol** o fyfyrwyr **prydlon** ac **ymroddgar**. Dw i'n sylwi bod campyrfan lliwgar wedi parcio **gerllaw** hefyd, gyda sticeri **niferus** a chyrtans **bywiog** yn ei addurno. **Go brin** bod **perchennog** y cerbyd hwn yn fyfyriwr newydd i ddosbarth y dechreuwyr, ond wedi dweud hynny, mae unrhyw beth yn bosib …

diniwed – *innocent*	**prydlon** – *punctual*
beichio crio – *to sob*	**ymroddgar** – *dedicated, devoted*
gwireddu – *to fulfil, to make true*	**gerllaw** – *nearby*
canlyniad – *result*	**niferus** – *numerous*
ysgaru – *to divorce*	**bywiog** – *lively*
ffuglennol – *fictional*	**go brin** – *scarcely, hardly*
croesawgar – *welcoming*	**perchennog** – *owner*
calonogol – *encouraging*	

Pennod 3

Mae cerdded i ganol dosbarth o fyfyrwyr newydd bob amser yn rhoi **pwl o nerfusrwydd** yn y stumog. Dim ots sawl dosbarth mae rhywun yn ei ddysgu mae'r nerfau yr un fath yn union, a'r un **meddyliau** yn troi yn y pen: fyddan nhw'n fy hoffi i? Fyddan nhw'n meddwl fy mod i'n athrawes dda? A ddôn nhw'n ôl i'r wers nesaf? Mae'n **bryder** naturiol, mae'n debyg – tydy pawb eisiau cael eu hoffi?

Dim ond y merched sydd yma, felly mae'n edrych yn debyg fod yr un dyn bach wedi cael braw cyn iddo hyd yn oed gyrraedd drws y neuadd. **Dyna biti**, ond mae'n haws fel hyn, mae'n siŵr, a ni'n ferched i gyd.

Yn groes i'r disgwyl dw i'n cael tipyn o hanes y criw, er i mi gyflwyno'r syniad o greu cymeriad ffuglennol. Mae Phillipa, sydd newydd symud i **dyddyn** bychan **ar gyrion** y pentref, wedi dod â diod Kefir i ni ei blasu. Mae gen i ryw fath o syniad beth ydy Kefir, ond ar ôl esboniad gan Phillipa – yn Saesneg wrth gwrs – dw i'n teimlo fel **arbenigwraig**. Symudodd Phillipa yma er

pwl o nerfusrwydd – *an attack of nerves*	**yn groes i'r disgwyl** – *quite unexpectedly*
meddyliau – *thoughts*	**tyddyn** – *smallholding*
pryder – *concern*	**ar gyrion** – *on the outskirts*
dyna biti – *what a shame*	**arbenigwraig** – *expert (fem.)*

mwyn magu **geifr**, eu **godro** am eu llaeth ac yna troi'r llaeth yn ddiod arbennig wedi ei **fragu** gyda **gronynnau** Kefir. Mae'r ddiod yma i fod i ailadeiladu bacteria **llesol** y stumog gan gryfhau'r system **imiwnedd** a'ch cadw chi rhag cael annwyd. Dyna mae Phillipa yn ei ddweud beth bynnag. Dydy hi ddim yn ddiod i'w hyfed er mwyn ei mwynhau, mae hynny'n sicr. Gyda chryn drafferth mi wnes i lwyddo i orffen fy nghwpan fach i, ond roedd y blas caws glas **dyfrllyd** yn **troi arna i** a bod yn hollol onest. Ond mae Phillipa i'w llongyfarch am ei **dyfeisgarwch** a'i **brwdfrydedd** anghyffredin ynglŷn â rhywbeth mor ych-a-fi.

Fel ro'n i'n gorffen fy **llymaid** olaf i blesio Phillipa gan dynnu'r math o wyneb dach chi'n ei wneud wrth **sugno** lemwn, mi agorodd drws y neuadd a daeth bachgen ifanc i mewn a golwg ar goll arno.

'I'm sorry I'm late, I was just walking the dog – he's been cooped up in the campervan all day.'

Dyma fo felly – perchennog y campyrfan **amryliw**. Liam, mae'n rhaid. Am ryw reswm dw i i'n **cochi**, ond dw i'n llwyddo i **wahodd** Liam **i'n plith ni** a dod o hyd i gadair iddo rhwng Phillipa a'i Kefir a Wendy a'i bag **crosio**.

geifr – *goats*	**brwdfrydedd** – *enthusiasm*
godro – *to milk*	**llymaid** – *sip*
bragu – *to brew*	**sugno** – *to suck*
gronynnau – *grains*	**amryliw** – *multicoloured*
llesol – *beneficial*	**cochi** – *to blush*
imiwnedd – *immunity*	**gwahodd** – *to invite*
dyfrllyd – *watery*	**i'n plith ni** – *into our midst*
troi arna i – *to turn my stomach*	**crosio** – *to crochet*
dyfeisgarwch – *inventiveness*	

Dw i'n gwirio efo'r bachgen mai Liam ydy o a'i fod o wedi dod i'r lle cywir gan nad ydy o'n edrych fel myfyriwr dosbarth Cymraeg **nodweddiadol** o gwbl. Oes y fath beth â myfyriwr dosbarth Cymraeg nodweddiadol? Wn i ddim, ond ches i erioed fyfyriwr tebyg i Liam o'r blaen. Faswn i'n dweud ei fod ychydig yn hŷn na Sara a Daniel ac mae golwg 'allan yn yr awyr iach' arno. Mae'n frown fel **cneuen** a'i wallt golau gwyllt wedi **melynu** nes ei fod bron yn wyn yma ac acw ar ôl yr haf braf gaethon ni eleni, ac ma ganddo fo bwt o **locsyn** sy'n fwy o arwydd o ddiffyg **eillio** na **datganiad ffasiwn**. Mae'n fachgen cryf yr olwg a'i wên yn garedig a swil. 'Hen hipi blêr' fyddai disgrifiad Dilwyn ohono, ond mae hwnnw'n meddwl bod unrhyw ddyn sydd ddim yn gwisgo siwt yn **mynd yn groes i drefn natur**.

Dan ni'n chwarae'r gêm creu cymeriad, ac mae Liam yn defnyddio ei gi fel ei gymeriad ffuglennol o. Felly yr unig beth ga i wybod heno am Liam – neu am Oscar, yn hytrach – ydy fod ganddo bedair coes, coler biws a'i fod yn hoff o redeg ar ôl cathod. Am y tro cyntaf dw i'n **difaru** cynnig y gêm creu cymeriad gan y byddwn i wedi hoffi gwybod mwy am Liam. Dw i ddim yn **busnesu**, cofiwch; ond **anaml** iawn dan ni'n cael pobl o dan **ddeugain** oed

nodweddiadol – *typical, characteristic*	**mynd yn groes i drefn natur** – *to go against nature*
cneuen – *nut*	**difaru** – *to regret*
melynu – *to become yellow*	**busnesu** – *to interfere, to be nosey*
locsyn – *beard*	**anaml** – *seldom, infrequent*
eillio – *to shave*	**deugain** – *forty*
datganiad ffasiwn – *fashion statement*	

mewn dosbarthiadau Cymraeg, oni bai eu bod wedi eu targedu at rieni ifanc ac yn cynnig *crèche*.

Wrth imi **fagu hyder** i holi Liam beth ddaeth â fo i gwrs Cymraeg i Oedolion, mae fy ffôn yn canu. Dilwyn. Mae o eisiau gwybod sawl munud sy'n **addas** at **aildwymo** *lasagne* yn y meicrodon. Dw i eisiau ei ladd o. Gallwn ei dynnu fo'n ddarnau gyda fy **nwylo noeth yn y fan a'r lle**. 'Deg munud,' poeraf, gan obeithio y bydd y *lasagne* mor sych a chaled â **gwadan** esgid.

Mae Liam yn edrych arna i gyda hanner gwên wrth i Phillipa dywallt cwpan o Kefir iddo. Biti ei fod o ddim wedi cyrraedd yn ddigon hwyr i **osgoi**'r perfformiad bach yma, meddyliais, ond mae Liam yn **rhoi clec i**'r ddiod **ffiaidd ar ei dalcen** gan sychu ei geg gyda hances boced **smotiog**. Mae Liam, mae'n debyg, yn yfed Kefir bob dydd, ond un llefrith buwch yn hytrach na llefrith gafr.

Dw i'n gwneud **addewid** i mi fy hun i drio'n galetach y tro nesaf efo'r Kefir, pa bynnag lefrith ydy o. Dw i'n gwneud penderfyniad na fydda i'n defnyddio'r gêm creu cymeriad yr wythnos nesaf ac y bydda i'n trefnu sesiwn gymdeithasol yn hytrach na gwers. Wedi'r cyfan, mae'n beth llesol i ni i gyd ddod i adnabod ein gilydd mor fuan â phosib, yn dydy?

magu hyder – *to gain confidence*	**rhoi clec i** – *to down (a drink)*
addas – *appropriate*	**ffiaidd** – *disgusting*
aildwymo – *to reheat*	**ar ei dalcen** – *on its head, down in one*
dwylo noeth – *bare hands*	
yn y fan a'r lle – *there and then*	**smotiog** – *spotty*
gwadan – *sole*	**addewid** – *promise, vow*
osgoi – *to avoid*	

Pennod 4

Dw i'n od o gyffrous am y wers nesa, ond cyn hynny mae gen i **ddathliadau** i'w trefnu. Mae Dilwyn a fi yn dathlu ein pen-blwydd priodas, a dan ni'n cael pryd o fwyd teuluol mewn gwesty crand. Dw i ddim wedi gwneud rhyw lawer amdano fo eto a bod yn onest, a heb feddwl beth i'w brynu i Dilwyn fel anrheg. Be dach chi'n ei brynu i rywun sy'n **berchen ar** bob dim yn barod? Mae Dilwyn yn hoff o gajets, ac mae'n berchen ar bob un. Dydy Dilwyn ddim yn darllen nofelau, dim ond **hunangofiannau**, ac mae'r rhai diweddaraf i gyd ganddo yn barod. Mi fyddai o'n gwisgo yr un **dilledyn** am flynyddoedd nes ei fod yn dyllau tasai o'n cael ei ffordd ei hun, ac mae unrhyw fwydydd sydd ddim yn gig a thatws yn **rhoi dŵr poeth iddo fo**, medda fo. Dydy o ddim yn hoffi mynd i unman na gweld dim, ac mae'n treulio'r penwythnosau yn gwylio chwaraeon ac yn **tincran** o dan fonet y car. Mae o'n annwyl iawn, cofiwch, ac wedi bod yn dad ardderchog i Sara, er bod honno'n gallu ei droi o o amgylch ei bys bach! Ond dyna ydy perthynas tad a merch, ynte?

dathliadau – *celebrations*	**rhoi dŵr poeth (iddo fo)** – *to give (him) indigestion*
perchen ar – *to own*	
hunangofiannau – *autobiographies*	**tincran** – *to tinker*
dilledyn – *item of clothing*	

Felly mae hi'n wythnos brysur – y wers 'gymdeithasol' nos Wener, ac yna dathlu ein **Priodas Berl** nos Sadwrn. Dw i'n teimlo fel gwneud ychydig o **ymdrech** eleni, gan ei fod o'n dipyn o **achlysur**, ynte. Mae Sara a'i ffrindiau yn mynd am *spray-tan* weithiau; tybed ddylwn i ystyried hynny? Mae'r tywydd yn braf ond dw i mor **welw** ac mi fyddai ychydig o liw yn **codi fy ysbryd** ac yn gwneud i mi edrych yn iachach, dw i'n siŵr. Mi wna i holi Sara. Mi ga i wneud fy ngwallt hefyd tra dw i wrthi. Pam ddim, ynte? Mae bod yn briod am 30 mlynedd yn rhywbeth i'w ddathlu, tydy? A dydy pawb ddim yn cyrraedd lle dw i a Dilwyn wedi ei gyrraedd.

'Maaaaaam ...'

Sara. Mae hi wedi cael *lie-in* bore 'ma ar ôl noson allan efo Daniel, ac mae hi'n barod am ei brecwast neu angen golchi rhyw ddilledyn neu mi fydd hi'n holi am bres, mae'n siŵr.

'Mam, fedri di ddod i helpu fi efo'r pacio?'

Ydy, mae'r diwrnod yn **agosáu** pan fydd Sara yn symud allan ac yn mynd i fyw at Daniel mewn fflat **cyfagos** – braidd yn rhy agos a dweud y gwir – ro'n i wedi gobeithio cael dianc rhag y **dyletswyddau** golchi dillad ...

'Dw i mor falch ein bod ni wedi gallu cael fflat mor agos

Priodas Berl – *Pearl Wedding Anniversary*	**agosáu** – *to approach, to draw nearer*
ymdrech – *effort*	**cyfagos** – *nearby*
achlysur – *occasion*	**dyletswyddau** – *duties*
gwelw – *pale*	
codi fy ysbryd – *to raise my spirits*	

atat ti, Mam. Fyddi di ddim yn rhy unig wedyn, na fyddi? Mi fydda i'n galw draw efo dillad i'w golchi, a gei di ddod yma am swper pan mae Dad yn gweithio'n hwyr.'

'Wyt ti am ddechrau gwneud swper i mi, Sara?!'

'Na, na, meddwl faset ti'n dod yma i wneud swper, ac wedyn mi fasen ni'n medru bwyta efo'n gilydd – yn union fel taswn i'n dal adra!'

Hmmm. Mae Sara wedi meddwl am bopeth … Wrth i ni bacio dan ni'n dod ar draws pob math o bethau o'i phlentyndod. Twm y tedi **unllygadog**, **tystysgrifau** Eisteddfod yr Urdd ('Dyma ferch fach **frwdfrydig**, ond biti mawr iddi anghofio ei geiriau … eto'), adroddiadau ysgol ('Mae Sara yn ferch fywiog iawn, gyda **thuedd** i siarad gormod …'), a ffrogiau bach del ro'n i mor falch o gael ei gwisgo hi ynddyn nhw ers talwm.

'O … mai God! Yli, Mam!'

Mae Sara wedi dod o hyd i hen lyfrau o luniau teuluol. Anaml iawn dan ni'n **argraffu** lluniau erbyn hyn heb sôn am eu rhoi mewn albymau, ond ro'n i'n gwneud hynny**'n ddeddfol** pan oedd Sara'n fach.

'BE oeddet ti'n feddwl oeddet ti'n wneud yn fy ngwisgo i fel'na, Mam?! Dw i'n edrych fel rhywbeth allan o'r Waltons!'

'Dwyt ti erioed wedi gweld y Waltons, Sara!'

'Ia, ond dw i'n gwybod eu bod nhw'n CRINJ!'

'Wel, o'n i'n meddwl dy fod di'n edrych yn ddel iawn …'

unllygadog – *one-eyed*	**argraffu** – *to print*
tystysgrifau – *certificates*	**yn ddeddfol** – *regularly, without*
brwdfrydig – *enthusiastic*	*fail*
tuedd – *tendency*	

'**Hen ffash** 'ta be!'

'Wel, Sara fach, pan gei di blant mi gei di wisgo nhw yn union fel wyt ti isio hefyd …'

'Rhyfedd i ti sôn am hynny, Mam – roedd Daniel a fi yn siarad am hynny y noson o'r blaen. Siarad am yr enwau dan ni am eu rhoi ar ein plant a phethau felly.'

'O? Dydy hi ddim dipyn yn fuan i chi siarad am bethau fel yna?'

'Oh God, Mam! Dan ni ddim am gael babi *like*, rŵan, nac ydan?! Dim ond siarad am y peth oedden ni! Dw i'n hoffi Saffir neu Arian i ferch ond dydy Daniel ddim yn rhy siŵr.'

'Na, mi greda i …'

'Mae o'n hoffi Hal neu Kanu i fachgen.'

'Reit …'

'Ti'n gwybod, Mam, ar ôl y pêl-droediwr! Tîm Cymru? Ti'n gwybod y *chant*, yn dwyt?! HAL … ROBSON … KANU!'

'Wel dw i'n ei wybod o rŵan, yn dydw, Sara!'

Roedd hi'n eitha braf mynd drwy'r holl hen bethau yn llofft Sara a **hel atgofion** am ddyddiau ei phlentyndod. Mae'n rhyfeddol cyn lleied mae plant yn ei gofio o'r holl bethau ro'n i'n eu gwneud efo nhw pan oedden nhw'n fach. Ro'n i mor ymwybodol o drio rhoi cymaint o brofiadau **amrywiol** i Sara er mwyn **cyfoethogi** ei bywyd hi a'i pharatoi hi at fywyd a'r byd go iawn, ond dydy hi'n cofio prin ddim ohonyn nhw.

---

hen ffash – *old fashioned*	**amrywiol** – *varied, differing*
hel atgofion – *to reminisce*	**cyfoethogi** – *to enrich*

Bob penwythnos roedden ni'n mynd i wneud **gweithgaredd** o ryw fath – heb Dilwyn yn aml, gan ei fod o eisiau gwylio'r pêl-droed. Dan ni wedi bod mewn sawl acwariwm a sw ac mewn cestyll, gerddi, parciau chwarae, ffermydd ymweld, **tai bonedd** yr **Ymddiriedolaeth Genedlaethol** a phob math o lefydd mewn gwynt, glaw a haul poeth. Ydy Sara'n cofio? Nac ydy.

Ond dw i'n cofio, ac mi oedden nhw'n ddyddiau da – ac mae'r lluniau yna am byth i gofio.

gweithgaredd – *activity*

tai bonedd – *mansions*

Ymddiriedolaeth Genedlaethol – *National Trust*

Pennod 5

Ddim dyma dw i fel arfer yn ei wneud ar nos Fercher – sefyll mewn nicyrs papur o flaen merch hanner fy oed a hanner fy seis. Do, mi wnes i ofyn i Sara fasai hi'n dod efo fi i gael *spray-tan*. Rŵan, yn sefyll yma yn **hunanymwybodol** o flaen merch gwbl berffaith ei **hymddangosiad**, dw i'n hanner difaru. Ond mi fydd o **werth y drafferth** pan fydda i'n edrych yn frown ac yn iach ar gyfer dathliadau nos Sadwrn. Dw i'n siŵr fydd Dilwyn yn **gwerthfawrogi**. Er nad iddo fo dw i'n gwneud hyn chwaith, ond i fi fy hun.

Dw i'n clywed Sara yn giglo a sgwrsio yn y ciwbicl drws nesaf.

'Ti'n iawn, Mam?!'

'Ymmm … ydw, dw i'n meddwl fy mod i!'

Dw i wedi dewis lliw eitha ysgafn achos 'mod i ddim eisiau bod yn rhy oren, ond pan mae'r **chwistrellu** yn dechrau mae'r lliw yn edrych yn dywyll iawn, iawn!

'Can you turn around for me?' **meddai**'r ferch siapus gyda'i cholur yn berffaith sy'n dal y **gwn tanio**.

hunanymwybodol – *self-conscious*	**gwerthfawrogi** – *to appreciate*
ymddangosiad – *appearance*	**chwistrellu** – *to spray*
gwerth y drafferth – *worth the trouble*	**meddai** – *says; said*
	gwn tanio – *spray tanning gun*

'Please ignore my bottom … I haven't been to the gym in a while …' meddai fi yn cochi wrth feddwl am y ferch maint 6 yma yn gweld fy mhen-ôl mawr wobli.

'Don't worry, we get all shapes and sizes in here …'

Ddim cweit yr ateb ro'n i eisiau, ond mae'n siŵr fy mod i fel hen nain i'r ferch ugain oed yma â'i bywyd i gyd o'i blaen.

Ar ôl **gwisgo amdana i**'n ofalus er mwyn peidio â **styrbio**'r lliw haul newydd, dw i'n mynd am y salon trin gwallt i gael steil newydd. Dw i'n eistedd yng nghadair y **steilydd** ifanc – merch yr un oed â Sara gyda gwallt pinc yn gwisgo sgert fasai ddim ond yn ffitio un o fy nghoesau – ac mae hi'n awgrymu rhyw fath o 'bob' at fy ysgwyddau gyda lliwiau **hydrefol** a charamelaidd drwyddo er mwyn cuddio'r gwallt gwyn sydd yn **mynnu ymddangos**. Clymu fy ngwallt yn ôl a'i liwio fo adra dw i wedi bod yn ei wneud ers blynyddoedd, ond mae hi'n amser cael newid a dw i'n siŵr fydd Dilwyn yn gwerthfawrogi'r ymdrech.

Wrth eistedd o dan y **sychydd** yn y siop trin gwallt dw i'n **cynllunio** gwers nos Wener. Er mwyn creu **awyrgylch** ychydig yn llai ffurfiol dw i wedi newid lleoliad y wers i'r dafarn leol, gan feddwl gwneud cwis syml er mwyn i bawb gael hwyl a dod i adnabod ei gilydd yn well. Hwyl drwy ddysgu, ynte, dyna dan ni i fod i **anelu** ato, medden nhw!

gwisgo amdana i – *to get (myself) dressed*	**ymddangos** – *to appear*
	sychydd – *dryer*
styrbio – *to disturb*	**cynllunio** – *to plan*
steilydd – *stylist*	**awyrgylch** – *atmosphere*
hydrefol – *autumnal*	**anelu** – *to aim*
mynnu – *to insist*	

Pan mae'r steilydd yn gorffen ei gwaith dw i prin yn adnabod fy hun. Mae'r gwallt newydd efo'r ffrinj i'r ochr yn newid siâp fy wyneb yn llwyr a dw i'n **craffu** yn y drych i weld ai fi ydw i.

Mae Sara yn hoffi'r **gweddnewidiad** hefyd.

'Wawzyrs, Mam – ti'n edrych fel dipyn o bêb!'

'Wel dw i ddim yn gwybod am hynny …'

Mae Sara'n mynnu bod rhaid i mi gael colur newydd i fynd gyda'r lliw gwallt. Dan ni'n gwario ffortiwn. Pwy fasai'n meddwl bod colur mor ddrud? Dw i wedi **gwneud y tro** gyda hen bethau Sara ac ambell *freebie* ers blynyddoedd a do'n i ddim wedi sylweddoli fod **nwyddau harddwch** wedi mynd mor ddrud. Mae Sara'n trio ambell beth arna i a dw i'n gadael iddi wneud y penderfyniadau ynglŷn â pha **golur sylfaen**, lliw llygaid a **minlliw** i'w defnyddio, ac mae hi'n dewis pethau digon del, chwarae teg iddi. Ro'n i'n gwisgo dipyn o golur ers talwm ond mi wnes i stopio ar ôl geni Sara achos bod gen i ddim amser i boeni am bethau felly, ac ers i Sara dyfu'n hŷn dw i wedi anghofio sut mae rhoi colur ac yn teimlo'n wirion braidd yn trio gwneud.

Ond mae'r wythnos yma'n un arbennig, yn dydy? Felly mae gofyn gwneud rhywbeth arbennig, yn does?

Pan dan ni'n cyrraedd adra dydy Dilwyn ddim yn codi'i ben o'i bapur newydd.

---

craffu – *to gaze, to observe closely*	**colur sylfaen** – *foundation*
gweddnewidiad – *transformation*	*(makeup)*
gwneud y tro – *to make do*	**minlliw** – *lipstick*
nwyddau harddwch – *beauty*	
products	

'Wel?!' meddai Sara.

'Wel be?'

'Dwyt ti ddim yn gweld rhywbeth gwahanol am Mam?'

'Rwyt ti wedi mynd yn rhyw liw rhyfedd, Liz ...'

'Dw i ddim wedi ei olchi o i ffwrdd eto, nac ydw? Mi fydd o'n **oleuach** na hyn wedyn.'

'Wel bydd, gobeithio,' meddai Dilwyn, gan droi yn ôl at ei bapur.

'A be am y gwallt?' meddai Sara yn trio ei gorau i gael **ymateb** gan ei thad.

'Faint gostiodd hyn i gyd felly?' meddai Dilwyn yn **biwis**.

'Dyna'r unig beth sy'n dy boeni di?' Dw i'n teimlo fy llygaid i'n llosgi efo **dagrau** er fy mod i ddim yn siŵr iawn pam. Pam dw i'n poeni am farn Dilwyn? Dyn sydd â dim diddordeb mewn dillad na gwallt na dim byd o'r fath. A tybed ddylwn i fod yn falch ei fod o ddim yn poeni ydw i'n lliwio fy ngwallt neu beidio, ac yn fy ngharu i sut bynnag dw i'n edrych? Ond dw i'n **siomedig**. Ro'n i'n disgwyl ymateb o ryw fath ...

Mae'r pedair awr sydd ei angen ar y lliw haul **ffug** i wneud ei waith wedi mynd heibio, ac wrth sefyll yn y gawod dw i'n gweld bod y lliw **euraidd** ysgafn wedi datblygu'n ddigon del. Biti am y **bloneg**. Dw i'n gwasgu'r **cnawd** o gylch fy nghanol ac yn **ochneidio**. Dw i wastad

goleuach – *lighter*	**ffug** – *fake*
ymateb – *reaction; to react*	**euraidd** – *golden*
piwis – *surly*	**bloneg** – *(body) fat*
dagrau – *tears*	**cnawd** – *flesh*
siomedig – *disappointed*	**ochneidio** – *to sigh*

wedi meddwl 'mod i'n rhy fawr, ond ro'n i'n ddynes ifanc eitha tenau a ddim yn gwerthfawrogi hynny ar y pryd. Rŵan 'mod i **dros fy mhwysau** mi fyddwn i'n rhoi unrhyw beth i gael y corff oedd gen i ers talwm, er bod hwnnw'n bell o fod yn berffaith hefyd. Dan ni byth yn gwerthfawrogi'r hyn sydd gynnon ni tan i ni ei golli o …

---

dros fy mhwysau – *overweight*

Pennod 6

Nos Wener, ac mae'r cwis yn ei le. Dw i wedi **archebu** ychydig o **fwydydd bys a bawd** er mwyn rhoi'r teimlad o noson allan i'r wers. Gobeithio bydd pawb yn gwerthfawrogi'r ymdrech.

Y cyntaf i gyrraedd ydy Phillipa a'i diod Kefir. Mae hi wedi **ychwanegu** mefus ato fo y tro yma, meddai hi, ond mae o'n dal i edrych yn **afiach**, yn fy marn fach i. Ond mi wna i bob ymdrech i'w hoffi o, a'i olchi o lawr efo jin a tonic os oes rhaid.

Dw i'n gwisgo dillad newydd a'r colur wnaeth Sara ei ddewis ac mae gen i **bilipalod** yn fy mol am ryw reswm. Dw i'n gwneud y gwaith yma ers deg mlynedd, felly does gen i ddim syniad pam dw i'n nerfus.

'You look different tonight, Liz,' meddai Phillipa. 'Have you been taking Kefir? You're looking rather glowing …'

Cyn i mi gael cyfle i ateb mae Liam yn dod i mewn a'r haul yn ei wallt. Mae fy stumog yn symud – wedi bwyta swper yn rhy gyflym, mae'n siŵr – ac mae o'n gwenu ei wên **lydan** arna i.

archebu – *to order*	**afiach** – *foul*
bwydydd bys a bawd – *finger food*	**pilipalod** – *butterflies*
	llydan – *wide*
ychwanegu – *to add*	

'Noswaith dda!' meddai. Chwarae teg iddo fo am fentro ychydig o Gymraeg.

'Noswaith dda, Liam! Sut wyt ti heno?'

'How do you say … it's a lovely evening?'

Dw i'n cochi. 'Ym … mae hi'n noson hyfryd.'

Mae Liam yn gwenu.

'Diod?' meddai. Mae o'n ei **ynganu** fel 'dye-ode' ond dim ots, mae o'n amlwg wedi bod yn ymarfer ei Gymraeg ac mae hynny werth y byd i unrhyw athrawes.

'I've brought some Kefir!' meddai Phillipa. Mae hon yn mynd i fod yn boen, dw i'n gallu gweld hynny.

Dan ni'n archebu diodydd ac yn setlo i'r cwis, sy'n **gyfuniad** o gwestiynau am Gymru, ambell air Cymraeg ac wedyn rownd o gwestiynau am ddiddordebau'r dosbarth.

Dw i'n dysgu bod Liam yn **saer coed** sydd wedi **etifeddu** bwthyn bach yn yr ardal sydd angen gwaith arno. Mae'n dod o deulu Cymraeg ond dim ond wedi ymweld â Chymru yn fachgen bach ac mae o wedi cael ei fagu yn **Swydd Derby**. Mae o'n byw **yn rhannol** yn ei gampyrfan wrth ail-wneud y tŷ, ac mae ganddo gi sy'n mynd i bob man efo fo. Mae'n hoff o ddringo, ac mae'n adnabod y mynyddoedd cyfagos fel cefn ei law. **Er mawr gywilydd i mi** mae'n medru enwi mwy ohonyn nhw na fi, ac mae'n gwybod yr hanes a'r **chwedloniaeth** sydd **ynghlwm** â'r bryniau a'r dyffrynnoedd i gyd.

ynganu – *to pronounce*	**yn rhannol** – *partly*
cyfuniad – *combination*	**er mawr gywilydd i mi** – *to my great shame*
saer coed – *carpenter, joiner*	
etifeddu – *to inherit*	**chwedloniaeth** – *mythology*
Swydd Derby – *Derbyshire*	**ynghlwm â** – *connected to*

Ar ôl i bawb arall fynd ac wrth i fi bacio fy nghardiau cwis a'r gwerslyfrau, mae Liam yn dod draw efo diod arall i fi – un ddialcohol achos fy mod i'n gyrru.

Dw i'n **cyfadde** fy mod i ddim yn gwybod llawer am y mynyddoedd a'r tir sydd o'n cwmpas yn yr ardal hyfryd yma, ac mae o'n sôn am ei ymweliadau â'r ardal pan oedd o'n blentyn, a'r holl grwydro wnaeth o efo'i gi bryd hynny. Mae'n holi fy hanes i, ac mae fy mywyd i'n swnio mor ddiflas o'i gymharu â'i un o, sy'n llawn hanesion teithio ac anturiaethau o bob math. Ond mae o'n **gwrando'n astud** arna i, yn holi am Sara a Daniel ac am fy nheimladau amdani hi'n symud allan.

Mae gen i **deimladau cymysg**, a dw i'n eu trafod efo fo. Dw i'n hanner edrych ymlaen – er fy mod i ddim i fod i gyfadde hynny, mae'n siŵr. Dan ni i gyd i fod i **ochel** rhag y **nyth wag** a'i **hiraeth**, ond mae rhan ohona i'n **crefu** am gael amser i fi fy hun, amser i feddwl ac i **ailddarganfod** pwy dw i a beth dw i eisiau ei wneud mewn bywyd.

'What's "a new start" yn Gymraeg?' meddai Liam.

'Dechrau newydd,' meddai fi, gan gochi eto. Pam dw i'n cochi bob tro mae Liam o gwmpas? Nid y 'tjênj' sy'n gyfrifol, mae hwnnw wedi hen ddod a mynd.

'Come and see the campervan,' meddai Liam. 'The dog will be wondering what's happened to me.'

cyfadde – *to admit*	**nyth wag** – *empty nest*
gwrando'n astud – *to listen intently*	**hiraeth** – *longing, sadness after the loss or departure of someone*
teimladau cymysg – *mixed feelings*	**crefu** – *to yearn, to crave*
	ailddarganfod – *to rediscover*
gochel – *to avoid*	

Dw i'n trio ymateb yn **ddidaro** i'r gwahoddiad, ond yn lle hynny dw i'n cochi'n waeth byth ac yn **llyncu** fy niod **yn gam** nes 'mod i'n **peswch** fel hen ddafad. Mae Liam yn fy nghuro i'n ysgafn ar fy nghefn. Y fath embaras, ond mae ei **gyffyrddiad** fel trydan.

Ar ôl cael trefn arna i fy hun dw i'n ei ddilyn o allan i'r campyrfan ac yn cael croeso mawr gan Oscar. Mae ganddo fo fan fach **dwt**, a phopeth yn ei le. Does dim llawer o le i droi, felly dan ni'n eistedd yn **annaturiol** o agos at ein gilydd sydd yn gwneud i mi deimlo'n **anghysurus** a chyffrous ar yr un pryd. Mae pentwr o fapiau ar y bwrdd bach wedi eu marcio mewn gwahanol liwiau. Er mwyn torri ar y **saib** yn y sgwrs dw i'n codi map ac yn **smalio** fy mod i'n ei astudio, ac mae Liam yn esbonio mai dyma ei hoff lwybr yn yr ardal a'i fod wedi dringo sawl gwaith ar y creigiau cyfagos.

'Would you like to come "am dro" sometime? Oscar seems to have taken to you! You can teach me Cymraeg and I'll tell you a bit about the hills, and the flora and fauna.'

Dw i'n cytuno – ac yn cochi wrth gwrs.

'It will be nice to have some company. I spend so much time at the cottage trying to get it habitable, and although Oscar's great to have around, he's not the best

didaro – *nonchalant, unconcerned*	**twt** – *tidy*
	annaturiol – *unnatural*
llyncu'n gam – *to swallow the wrong way*	**anghysurus** – *uncomfortable*
	saib – *pause, break*
peswch – *to cough*	**smalio** – *to pretend*
cyffyrddiad – *touch, contact*	

conversationalist! I know you've got a really busy life, but if you have the time I'd really appreciate it.'

Dw i **ar fin** dweud wrtho fo bod fy mywyd ddim yn brysur o gwbl a bod pob diwrnod yn **llithro** i'w gilydd mewn rhyw **brysurdeb** o olchi dillad, cadw llestri a pharatoi swper gydag ychydig o ddarllen os dw i'n lwcus. Mae gen i Radio Cymru a Radio 4 yn gwmni, a dyna fy hanes i bob dydd **fwy neu lai**. Ond dw i eisiau i Liam feddwl amdana i fel y ddynes brysur, ddeinamig mae o'n ei **dychmygu**. Mi o'n i fel'na ar un adeg, ond rŵan dw i prin yn cofio'r person hwnnw.

'Dim problem, Liam. I'd love to. When did you have in mind? Just so that I can juggle my other commitments ...'

Dan ni'n penderfynu ar y penwythnos nesa os ydy'r tywydd yn **ffeind**, a dw i'n paratoi i fynd am adra.

'Diolch am y gwahoddiad i'r campyrfan ... thank you for having me!'

'It's been a real pleasure. Once the cottage is water-tight you must come for swper.'

ar fin – *at the point of, about to*	**mwy neu lai** – *more or less, to some extent*
llithro – *to slip*	
prysurdeb – *busyness*	**dychmygu** – *to imagine*
	ffeind – *kind*

Pennod 7

Dw i heb gysgu winc. Mae Dilwyn wedi bod yn **chwyrnu** cysgu drwy'r nos a dw i wedi bod yn **troi a throsi**, yn **hepian cysgu** ac yna'n deffro eto. Mae wyneb Liam yn dod i fy meddwl i pan dw i **rhwng cwsg ac effro** gan wneud i mi deimlo fel merch ysgol bymtheg oed. Be sy'n bod arna i? Dw i'n ddynes ganol oed sy'n dathlu 30 mlynedd o briodas ac yn prysur wneud ffŵl ohona i fy hun wrth fagu teimladau at fachgen bron i hanner fy oed. Mi fasai hi'n well o lawer i mi beidio â mynd i gerdded efo fo. Mae'n siŵr ei fod o'n teimlo biti drosta i, yn **synhwyro** fy mod i'n unig. Pathetig, dyna ydw i. Dynes unig, ganol oed, drist. 'Tragic' fasai Sara'n ei ddweud. 'Omaigod, ti mor CRINJ, Mam.' Ac mi fasai hi'n iawn. Beth sy'n bod arna i? Dynion sy'n cael **creisus canol oed**, ddim merched!

Cael creisus dod o hyd i sanau mae Dilwyn.

'… yn y lle arferol, cariad.'

'Does 'na'r un o'r rhain yn matsio …'

'Wel maen nhw i gyd yn ddu, felly be ydy'r ots!'

chwyrnu – *to snore*	**rhwng cwsg ac effro** – *half asleep*
troi a throsi – *to toss and turn*	*(between sleeping and waking)*
hepian cysgu – *to doze*	**synhwyro** – *to sense*
	creisus canol oed – *mid-life crisis*

Ydy o'n cofio pa ddiwrnod ydy hi? Ydw i'n mynd i'w atgoffa fo?

Mae cnoc tawel ar ddrws y llofft.

'Heloooooo … dach chi'n *decent*?'

Sara sydd yna efo rhywbeth wedi ei losgi ar **hambwrdd**.

'Pen-blwydd priodas hapuuuuus!'

Mae Dilwyn yn astudio'r tost du am funud bach.

'Wel, maen nhw'n dweud fod **golosg** yn dda at y **treuliad** …'

Mae Dilwyn yn medru bod yn eitha witi pan mae o mewn hwyl.

'Llongyfarchiadau, ŵr annwyl!' meddai fi gan geisio mynd i ysbryd yr achlysur.

'Tri deg mlynedd!' meddai Dilwyn mewn **anghredinedd**. 'Mae pobl yn cael llai o flynyddoedd am ladd rhywun!'

Hmmm, ddim cweit mor witi.

'Naaa, tynnu dy goes di dw i, fy nghariad i, tri deg mlynedd o bleser pur!'

Mae o'n cydio amdana i'n **drwsgl** gan daro paned ar draws y cwilt Laura Ashley *dry clean only*.

'Drycha be ti 'di'i wneud!!'

'Sori, cariad, un blêr dw i, ynde …'

'Wyt ti'n ddigon sori i'w lanhau o dy hun?'

Ond fi sy'n gwneud, wrth gwrs. Ac ar ôl gorffen y dyletswyddau domestig arferol mae hi'n amser i mi wneud fy hun yn barod i fynd am y bwyty. Dw i'n edrych yn y drych ac mae wyneb Liam yn edrych yn ôl arna i. Be yn union

hambwrdd – *tray*	**anghredinedd** – *disbelief*
golosg – *charcoal*	**trwsgl** – *awkward, clumsy*
treuliad – *digestion*	

am y dyn ifanc yma sydd wedi cydio yn fy **nychymyg?** Hen grysh gwirion – mi neith o basio yn ddigon buan. Peidio gwneud dim byd gwirion, ac mi fydda i'n iawn.

Does gen i ddim yr un **amynedd** heno wrth wneud fy ngholur – ro'n i mor ofalus neithiwr a phob lliw wedi ei **doddi**'n beffaith i'w gilydd a phob **blewyn** yn ei le. Dw i'n gwneud sioe go lew arni, ond does 'na ddim yr un sglein ar fy ngolwg i â neithiwr.

Wrth i mi gadw'r poteli bach colur yn ôl yn eu lle mae 'na neges yn fflachio ar fy ffôn symudol. Neges gan y **Gweplyfr** ydy o, yn dweud bod gen i **gais cyfaill** newydd – Liam Stephens. Mae fy stumog yn gwneud **naid** ac mae fy nghalon yn curo, a dw i'n cochi. 'Derbyn'. A dyna fi wedi gwneud un peth gwirion heno yn barod …

Mae'r bwyty yn un digon neis, ac mae Sara a Daniel wedi **cynhyrfu** fel plant bach ac wedi yfed rhywbeth cyn dod allan, faswn i'n ddweud – 'prinks' maen nhw'n ei alw o, ynte, neu 'pre-drinks'. Mae yna dipyn go lew o 'princio' wedi bod yn mynd ymlaen yn y llofft yn ôl y giglo **afreolus** sy'n dod gan Sara.

Fel arfer, dydy Dilwyn ddim yn hoffi unrhyw beth sydd ar y fwydlen ac mae'n troi ei drwyn fel hogyn bach. Dw i'n meddwl bod popeth yn swnio'n flasus.

'Wel dyma ni yn deulu bach **dedwydd**,' meddai Dilwyn

dychymyg – *imagination*	**naid** – *jump*
amynedd – *patience*	**cynhyrfu** – *to become excited,*
toddi – *to blend*	*to excite*
blewyn – *hair*	**afreolus** – *uncontrollable*
Gweplyfr – *Facebook*	**dedwydd** – *blessed, happy*
cais cyfaill – *friend request*	

ar ôl penderfynu o'r diwedd ei fod am roi cynnig ar y cig oen er ei fod yn dod gyda saws **anarferol**, ecsotig.

'Byddi di a Daniel yn eistedd fan hyn ryw dro, Sara – yn dathlu bywyd hapus efo'ch gilydd ac yn edrych yn ôl ar yr holl flynyddoedd …'

'Edrych yn ôl?! Dan ni ddim wedi marw, sti! Mae 'na dipyn o fywyd yndda i eto i ti gael deall!'

Yn sydyn dw i'n teimlo'n **amddiffynnol – megis dechrau** dw i, diolch yn fawr – a gyda Sara yn symud allan mi fydd yna lai o waith gofalu a dim esgus bellach i mi guddio tu ôl i ddyletswyddau **mamol** ac osgoi'r byd mawr.

Mae fy ffôn yn pingio.

'Noswaith dda, sorry to disturb. Diolch for accepting my friend request. See you wythnos nesaf.'

'Pwy oedd hwnna, Mam? Do'n i ddim yn gwybod dy fod di 'nôl ar y Gweplyfr?'

'O **duwcs**, dw i ddim siŵr, dw i ddim ond yn ei ddefnyddio fo i yrru gwaith at y criw dysgwyr …'

'Unrhyw un **difyr** eleni, neu'r criw arferol o bôrs **academaidd** a misffits?'

'Paid â siarad fel'na amdanyn nhw, Dilwyn – lle fasen ni hebddyn nhw?'

'**Argol**, rwyt ti wedi **newid dy gân** – mi wyt ti wedi **cwyno** digon amdanyn nhw dros y blynyddoedd!'

anarferol – *unusual*	**difyr** – *interesting*
amddiffynnol – *defensive*	**academaidd** – *academic*
megis dechrau – *only just beginning*	**argol** – *blimey*
	newid dy gân – *to change your tune*
mamol – *motherly*	
duwcs – *a mild exclamation*	**cwyno** – *to complain*

'Falle 'mod i, ond dw i'n falch o'u cael nhw ac maen nhw'n griwiau bach da ar y cyfan. Mae yna wastad un neu ddau, yn does, fel sy 'na ymhob man ...'

Mae'r pysgodyn yn flasus ond does gen i ddim llawer o **awydd bwyd** a dw i'n gadael dipyn o fy mhrif gwrs a dw i ddim ffansi pwdin, sydd ddim fel fi. Mae Dilwyn yn cymryd y cyfle i glirio fy mhlât i er ei fod o wedi cwyno am bob pryd ar y fwydlen.

'Bechod wastio ... Ac mae o'n ddigon drud ...'

Mae gweddill y noson yn ddigon joli, a Sara a Daniel yn mynd yn fwy swnllyd wrth i'r noson fynd yn ei blaen, sy'n golygu bod dim llawer o gyfle i Dilwyn a fi siarad. Mae fy meddwl i'n bell i ffwrdd – dw i'n cael trafferth **canolbwyntio** ar unrhyw sgwrs a dw i ddim yn teimlo fel **cyfrannu**.

Ar ôl cyrraedd adra dw i'n fwy na hapus i fynd i fy ngwely gan gynllunio mynd am dro y diwrnod wedyn os bydd hi'n dywydd go lew. Mi ddylwn i ddechrau **cymryd** mwy o **sylw** o fy **iechyd** ac edrych ar ôl fy hun. Dw i wedi **esgeuluso** hynny yn y blynyddoedd diwethaf.

Wrth **ddadwisgo** dw i'n sylwi fod y lliw haul ffug wedi aros yn weddol, er bod ambell batshyn yn dechrau ymddangos yma ac acw. Dw i'n estyn fy nghoesau o fy mlaen i'w hastudio, ac mae Dilwyn yn dod i sefyll y tu ôl i mi o ochr arall y gwely gan gydio yn fy ysgwyddau.

'"You've still got it", fel mae'r Sais yn ei ddweud! Roeddet

awydd bwyd – *appetite*	**iechyd** – *health*
canolbwyntio – *to concentrate*	**esgeuluso** – *to neglect, to disregard*
cyfrannu – *to contribute*	**dadwisgo** – *to undress*
cymryd sylw – *to pay attention*	

ti'n edrych yn lyfli heno – y gwallt newydd a'r stwff brown 'na – dwyt ti ddim ei angen o, cofia, ond mae'n edrych yn neis. Fel cael gwraig newydd!'

Mae'n rhoi cusan ysgafn ar fy ysgwydd ond dw i'n teimlo fy hun yn **tynhau** i gyd ac yn symud oddi wrtho heb drio, bron. Mae ei gyffyrddiad yn gwneud i mi **wingo** a dw i'n gwisgo'r pâr **bleraf** o byjamas dw i'n gallu dod o hyd iddyn nhw. Mae Dilwyn yn cael y neges.

---

tynhau – *to tighten*   **bleraf** – *untidiest*
gwingo – *to writhe*

Pennod 8

Dw i wedi ailddarganfod y Gweplyfr ac yn mwynhau astudio tudalennau hen ffrindiau coleg ac ambell i ffrind newydd hefyd ... Mae Liam yn postio lluniau **di-ri** ohono fo ac Oscar ar ben mynyddoedd ar hyd a lled gogledd Cymru – dim rhyfedd bod y ci yna mor dawel, mae'n cael **ymarfer corff heb ei ail**! Mae Liam wedi bod yn teithio **cryn dipyn** cyn symud i Gymru ac mae ganddo fo luniau bendigedig o **gyfandiroedd** yr Affrig ac Asia. Mae fy stumog yn tynhau wrth i mi weld llun ohono a'i fraich am eneth ifanc **dlos**, a'r ddau ohonyn nhw'n gwenu ar y camera a'r haul yn **machlud** y tu ôl iddyn nhw. Mae hen deimlad gwirion o **genfigen** yn dod fel ton drosta i – ac i beth? Dw i'n ddigon hen i fod yn fam i Liam! Ond does dim **gwadu** bod rhyw fath o deimlad rhyngon ni, rhywbeth dw i ddim yn gallu ei ddisgrifio na'i enwi. Y cwestiwn ydy – ai fi ydy'r unig un sy'n ei deimlo fo? Ffantasi **ddi-sail** dynes ganol oed ydy hyn? Beth bynnag ydy o, dw i a Liam yn ffrindiau

di-ri – *innumerable*	**tlos** – *pretty (fem.)*
ymarfer corff – *exercise*	**machlud** – *to set (of sun)*
heb ei ail – *unrivalled*	**cenfigen** – *jealousy*
cryn dipyn – *quite a bit*	**gwadu** – *to deny*
cyfandiroedd – *continents*	**di-sail** – *unfounded*

a **does dim byd yn bod ar** hynny, nac oes? Os ydy o eisiau i mi fynd i gerdded y mynyddoedd efo fo ac Oscar, pam ddim? Mae hynny'n weithgaredd digon diniwed, ac mi fasai'r ymarfer corff yn beth da. Dw i wedi cael **llond bol** ar fynd am dro efo Sara – mae hi'n trin yr achlysur fel sioe ffasiwn ac yn mynnu tynnu selffi bob dau funud nes ei bod hi'n cymryd oriau i ni gerdded dwy filltir. Dw i ddim yn cofio pryd es i a Dilwyn am dro ddiwetha, ddim ers i'w bengliniau ddechrau ei boeni o, mae hynny'n sicr.

Ar ôl ychydig o **negesu** 'nôl a blaen ar y Gweplyfr mi wnaethon ni benderfynu mai dyma'r diwrnod faswn i a Liam yn mynd am dro. Dw i'n nerfus, fel o'n i'n gwybod faswn i, ond dw i'n trio atgoffa fy hun mai dim ond mynd am dro dan ni – dau ffrind yn mynd am dro. Dim ond hynny. Dim byd mwy.

Trowsus cerdded tri chwarter, bŵts a sanau trwchus, crys-t ac yna fflîs i'w roi drosto, bag cefn a sbectol haul – a dyna fi'n barod. Dw i'n **coluro** ychydig ac yn sychu a steilio fy ngwallt, a theimlo'n euog am fod mor **feirniadol** o Sara am wneud hynny pan dan ni'n mynd am dro. Ond mae'r colur ysgafn yn rhoi hyder i mi, a does dim byd yn bod ar hynny.

Dan ni'n cwrdd wrth y campyrfan ac mae Liam yn mynd â ni i droed Moel Eilio – mynydd heb fod yn rhy uchel nac yn rhy **serth**, diolch byth. Mae'n amlwg bod

does dim byd yn bod ar – *there's nothing wrong with*	**negesu** – *to message*
llond bol – *bellyful, as much as one can tolerate*	**coluro** – *to apply makeup*
	beirniadol – *judgemental*
	serth – *steep*

Liam yn gerddwr **profiadol** a dw i'n **amau** fy mod i'n ei ddal o'n ôl braidd, ond dydy o ddim i'w weld yn poeni. Mae o'n tynnu fy sylw at y **nodweddion daearyddol** sydd i'w gweld ar y ffordd, ac at ambell flodyn, a phlanhigyn. Dw i'n rhoi ambell i air Cymraeg iddo am **hyn, llall ac arall**. Mae'r sgwrs yn **llifo**'n rhwydd ac Oscar y ci yn **ufudd** a chyfeillgar.

Mae'r ddau ohonon ni wedi dod â phicnic efo ni, ac mae Liam wedi dod â chacen i ni ei rhannu – un mae o wedi ei gwneud ei hun.

'It was an experiment yn y gegin. I've managed to get the Aga working in the bwthyn, but I still haven't quite cracked the timings!'

Mae'r gacen ffrwythau yn hyfryd ac mae o wedi ei thorri hi a rhoi **haenen** dew o fenyn arni.

Mae'r sgwrs yn troi at ei deithiau yn yr India, a dw i'n mentro holi ai ar ei ben ei hun mae o'n hoffi teithio. Mae o'n **oedi** am funud cyn ateb, gan esbonio ei fod yn ddigon hapus i deithio ar ei ben ei hun ond bod cwmni yn beth braf, dim ond iddo fod y cwmni iawn. Dw i'n cochi ac yn trio **ffurfio** ateb er bod rhyw **atal dweud** yn dod drosta i.

'I went to India with my cariad at the time,' meddai Liam. 'Things didn't gweithio. It can be lonelier being with the wrong company than being ar ben dy hun …'

profiadol – *experienced*	**llifo** – *to flow*
amau – *to suspect, to doubt*	**ufudd** – *obedient*
nodweddion daearyddol – *geographical features*	**haenen** – *layer*
	oedi – *to pause*
hyn, llall ac arall – *this, that and the other*	**ffurfio** – *to form*
	atal dweud – *stammer*

Gwir iawn, a dw i'n gwenu hanner gwên a nodio fy mhen i.

'So, what will you do when Sara has symud tŷ? You must have so many plans.'

'Dw i isio bod yn "fi" eto ... I want to be myself again. I don't know exactly how, but that's my plan. **Cynllun pwysig!**'

'Cynllun da!' meddai Liam, gan wenu.

Mae ein bysedd yn cyffwrdd wrth iddo estyn darn arall o gacen i mi ac mae'r wefr yn **drydanol** er i mi geisio ymddangos yn **ddi-hid**. Mae Liam yn gorwedd yn ôl ar y gwair cynnes a dw i'n gallu gweld ei frest achos bod dau fotwm uchaf ei grys ar goll. Mae'n hogyn golygus, yn gryf a **heini** ac **ôl** blynyddoedd o haul ar ei groen. Mae ganddo ddwylo dringwr a garddwr, a'i fysedd yn **gyhyrog** ac ôl gwaith arnyn nhw. Mae o'n agor ei lygaid ac yn fy nal i'n **syllu** arno – dw i'n cochi eto ac yn troi i ffwrdd. Mi faswn i'n gallu edrych arno fo drwy'r dydd, a gwrando ar ei lais. Mae rhyw **dawelwch** yn perthyn iddo, rhyw **heddwch** braf sydd yn gwneud i rywun deimlo y bydd popeth yn iawn.

Ar ôl cyrraedd yn ôl at droed y mynydd a'r campyrfan mae Liam yn holi faswn i'n hoffi ymweld â'r bwthyn, a dw i'n derbyn y gwahoddiad yn llawn **chwilfrydedd**.

Mae'r tŷ mewn lleoliad **hudolus**, gyda **gweirgloddiau**

cynllun – *plan*	**syllu** – *to stare*
trydanol – *electrifying*	**tawelwch** – *quietness, stillness*
di-hid – *indifferent*	**heddwch** – *peace*
heini – *fit*	**chwilfrydedd** – *curiosity*
ôl – *mark, stamp*	**hudolus** – *magical, enchanting*
cyhyrog – *muscular*	**gweirgloddiau** – *meadows*

llawn blodau yn arwain at y bwthyn a choed yn **gysgod**. Mae **gardd lysiau** fach ar hyd ochr y tŷ a bwrdd **dur** a dwy gadair.

'I haven't got much to offer you, I'm afraid, but I can manage a paned.'

Does ganddo fo ddim llawer o ddodrefn yn y gegin, dim ond bwrdd **derw** yn y canol a lliain coch a gwyn drosto. Mae **cadair siglo** yn y gornel a **charthen frethyn** yn **glustog**. Mae **naws** gartrefol braf yn perthyn i'r tŷ. Mae'r llawr **llechen** yn **falm** oer ar ôl gwres y mynydd a dw i'n tynnu fy esgidiau cerdded i fwynhau'r **oerfel** ar fy nhraed.

Mae Liam yn berwi'r dŵr mewn tecell ar y stof, ac mae'r **chwiban** yn dod â fi yn ôl o fy **synfyfyrion**.

Ar ôl y baned dw i'n cael gweld gweddill y tŷ – gan gynnwys y llofft ble bydd Liam yn cysgu pan fydd y gwaith **atgyweirio** wedi gorffen. Mae gwely yno yn barod ond mae wedi ei **orchuddio** â hen **ddefnydd** er mwyn ei warchod rhag y **llwch**. Bydd hwn yn fwthyn hyfryd, ac mae gan Liam lygad am liw a dodrefn ac mae o'n gallu rhoi cyfuniadau o bethau syml at ei gilydd gyda chymaint o steil.

cysgod – *shade, shadow*	**balm** – *balm*
gardd lysiau – *vegetable garden*	**oerfel** – *cold(ness), chill*
dur – *steel*	**chwiban** – *whistle*
derw – *oak*	**synfyfyrion** – *daydreams*
cadair siglo – *rocking chair*	**atgyweirio** – *to restore, to repair*
carthen frethyn – *worsted blanket*	**gorchuddio** – *to cover*
clustog – *cushion, pillow*	**defnydd** – *material*
naws – *atmosphere*	**llwch** – *dust*
llechen – *slate*	

'Dw i'n hoffi charity shops,' meddai fo. 'Caru rooting around in brick-a-brack shops looking for rhywbeth arbennig.'

Dyna ddiddordeb dan ni'n ei rannu felly – dw i wrth fy modd yn **chwilota** fel **pioden** am hen lestri. Mae Dilwyn wedi rhoi ei droed i lawr bellach ac yn mynnu fy mod i ddim yn cael dod â **rhagor** i'r tŷ, ond dw i'n mynd â nhw yn **llechwraidd** i'r garej heb iddo fo eu gweld.

Mae wedi bod yn ddiwrnod hyfryd, un o'r rhai gorau i mi ei gael ers amser. Dw i'n diolch i Liam am ei **garedigrwydd** ac mae o'n codi fy llaw a'i chusanu. Mae pilipala mawr yn hedfan yn fy stumog.

chwilota – *to search, to rummage*	**llechwraidd** – *sly, furtive*
pioden – *magpie*	**caredigrwydd** – *kindness*
rhagor – *more*	

Pennod 9

Dw i'n cyrraedd adra a 'nghoesau'n wan ar ôl yr holl gerdded, ond dw i'n hapus fy myd ac yn edrych ymlaen at lasiad o win a chael rhoi fy nhraed i fyny.

Ond pan dw i'n cerdded i mewn drwy'r drws mae Dilwyn yn fy nghyfarfod i'n gynnwrf i gyd a golwg flin arno.

'Lle wyt ti wedi bod? Dw i wedi bod yn trio dy ffonio di ers oriau!'

Dw i'n edrych a fy ffôn – 15 galwad wedi eu colli.

'Pam? Be sy? Ydy Sara'n iawn?'

'Wnes i anghofio dweud wrthat ti fy mod i wedi gwahodd Richard a'i wraig i swper – mi fyddan nhw yma mewn dwy awr, felly mae'n well i ti ddechrau ar y bwyd.'

'Richard a'i wraig?'

'Ia, cadeirydd newydd y Llywodraethwyr – dw i wedi sôn wrthat ti amdano fo sawl gwaith. Dw i isio ei gadw fo'n hapus efo'r holl **doriadau** sydd i ddod. Fasai stêc go neis yn plesio, dw i'n siŵr. Os ei di lawr at y cigydd rŵan mi fydd 'na ddigon o amser.'

'Pryd gafodd hyn ei drefnu, felly?'

---

toriadau – *cuts*

'Wnes i wahodd nhw'r wythnos diwetha ac anghofio sôn wrthat ti, sori, cariad.'

'Wel, fydd rhaid iti **ganslo** felly, bydd – wnest ti anghofio sôn wrtha i, felly dydy o ddim yn digwydd.'

'Be wyt ti'n feddwl, canslo? Dim ond mater o fynd i'r stryd i brynu stêc ac ychydig o drimings ydy o!'

'Os ydy o mor hawdd â hynny, Dilwyn, be am i ti 'i neud o? A gwneud y coginio hefyd?'

'O tyrd rŵan, cariad, mi wyt ti'n gwybod 'mod i'n anobeithiol efo pethau felly – mi wyt ti gymaint gwell na fi am wneud bwyd. Dau funud fyddi di. Plis, cariad.'

'Na, dw i ddim yn mynd. Dw i ddim isio coginio heno 'ma – dw i isio ymlacio efo glasiad o win a llyfr. Mae 'na basta **dros ben** ar ôl neithiwr ac **mi wneith hynny'r tro** yn iawn. Dw i wedi bod yn cerdded drwy'r dydd a dw i isio noson dawel. Felly mi gei di ganslo Richard a'i wraig.'

'Dw i ddim yn gallu eu canslo nhw **ar fyr rybudd** fel hyn! Sut fath o argraff mae hynny'n ei roi?'

'Does dim ots gen i, Dilwyn – dw i ddim yn mynd i **slafio** yn y gegin ac wedyn gwrando ar dy ffrindiau diflas di'n **mwydro** am y system addysg drwy'r nos.'

'A be ti'n feddwl, cerdded? Efo pwy?'

'Efo ffrind, os oes gen ti ddiddordeb.'

'Pa ffrind? Does gen ti ddim ffrindiau!'

Mae'r frawddeg olaf gan Dilwyn fel bwled. Mae'n wir, does gen i ddim llawer o ffrindiau – ddim achos fy mod

canslo – *to cancel*	**ar fyr rybudd** – *at short notice*
dros ben – *left over*	**slafio** – *to slave*
mi wneith hynny'r tro – *that will do*	**mwydro** – *to moither, to ramble on*

i ddim yn gymdeithasol ac yn mwynhau cwmni ond achos fy mod i wedi gadael i sawl **cyfeillgarwch** lithro o fy ngafael i am fy mod i'n rhy brysur yn **tendio** ar Dilwyn a Sara.

Dw i'n **benderfynol** fy mod i ddim am baratoi swper i Richard a'i wraig a dw i'n edrych yn syth i lygaid Dilwyn, cyn troi am y drws.

'Os wyt ti isio noson efo dy ffrindiau di – caria di ymlaen. Mi wyt ti'n gwybod lle mae siop y cigydd a lle mae'r popty. Dw i'n mynd i dreulio amser efo fy ffrindiau i.'

Dw i'n troi ar fy **sawdl** ac yn mynd am y car, gyda Dilwyn yn edrych arna i â'i geg fel un pysgodyn aur.

---

cyfeillgarwch – *friendship*   **penderfynol** – *determined*

tendio – *to tend, to wait upon*   **sawdl** – *heel*

Pennod 10

Yr eiliad dw i'n cnocio drws y campyrfan dw i'n difaru. Be dw i'n wneud? Dw i wedi colli'r plot go iawn. Dw i'n troi ar fy sawdl ac yn brysio 'nôl am y car, ond fel dw i'n agor drws y gyrrwr mae llais Liam yn galw arna i.

'Liz? Beth sy'n bod? Are you ok?'

Dw i'n troi ato ac mae fy wyneb yn ateb ei gwestiwn.

'Come in, I'll put the tecell ymlaen …'

Mae Oscar yn neidio arna i fel petai'n cyfarch hen ffrind ac mae Liam yn ei **siarsio** i adael llonydd i mi, ond dw i'n dal y ci yn dynn ac yn cael rhyw gysur rhyfedd yn ei wres a'i sylw.

'He's a big softie,' meddai Liam gan wenu. 'Now, are you going to tell me what's wrong?'

Mae dagrau'n llenwi fy lygaid a dw i'n teimlo'n rêl ffŵl, ond yr unig beth dw i'n gallu mentro ei ddweud ydy, 'Dw i jest ddim yn hapus, Liam …'

Mae o'n eistedd ac yn estyn paned i mi.

'Ah … hapus, ond how to find it. One of life's big challenges, Liz bach.'

'But you're always hapus, wastad yn gwenu?'

'Because I stopped looking so hard and went with what felt … iawn,' meddai Liam.

---

siarsio – *to command, to charge*

Mae Oscar yn **rhyddhau** ei hun o fy ngafael ac yn fflopian wrth fy nhraed.

'Oh Oscar! I was enjoying his cwtshys!'

Mae Liam yn edrych arna i gyda'r olwg **o ddifri** yna sydd ganddo fo weithiau.

'My cwtshys aren't too bad, if you want …'

Mae'r pen a'r galon yn **cwffio**, ond dw i'n llithro i'w **gesail** o ac yn **anadlu** ei arogl yn ddyfn i fy **ffroenau**. Arogl sebon yn gymysg â gwaith – yr arogl gorau yn y byd ar y funud honno.

Dw i'n codi fy mhen i edrych arno.

'Diolch, Liam. Diolch am fod yn ffrind da.'

Mae ei lygaid yn cyfarfod fy llygaid i.

'Ffrind?' meddai.

Dw i'n methu rhoi ateb, ac mae nghalon yn curo fel **gordd**. Mae'n fy nghusanu yn ysgafn, a finnau'n ymateb yn **reddfol** i'w **wefusau** meddal.

'Is this what you want?' mae'n holi'n dawel, a dw i'n ateb drwy ei gusanu'n ôl.

Mae Oscar yn cael ei hel yn **ddisymwth** i'r cab, ac mae'r ddau ohonon ni ym mreichiau ein gilydd a dillad yn cael eu **diosg** yn **ddiofal**. Mae Liam mor hardd, mor berffaith, a finnau'n un sgwij canol oed o stretshmarcs a bol babi

rhyddhau – *to release*	**gordd** – *sledgehammer*
o ddifri – *serious*	**greddfol** – *instinctive*
cwffio – *to fight*	**gwefusau** – *lips*
cesail – *armpit*	**disymwth** – *abrupt, unexpected*
anadlu – *to breathe*	**diosg** – *to take off (clothing)*
ffroenau – *nostrils*	**diofal** – *careless*

na wnaeth byth **ddiflannu er gwaethaf** y ffitiau o sit-yps dros y blynyddoedd.

Mae'n rhaid bod Liam yn synhwyro fy **anniddigrwydd**. 'Ti'n brydferth', meddai o. Ac yn yr eiliad yna dw i'n ei gredu o.

Mae ei gyffyrddiadau yn **dyner** ond **pwrpasol**, yn ysgafn ond **medrus**. Gwely sengl sydd ganddo fo sydd yn ein **gorfodi** at ein gilydd yn un **chwysfa gynhyrfus**. Mae'r pleser yn saethu trwy fy nghorff fel trydan – dw i'n teimlo'n fyw – yn fwy byw na dw i wedi teimlo ers blynyddoedd. Mae fy nghorff wedi cofio be ydy ei bwrpas, ac mae'n ymateb yn reddfol i gyffyrddiadau hyderus Liam.

Mae o fel un o'r **cerfluniau** dach chi'n eu gweld mewn **amgueddfa** – ei gorff yn berffaith o **gytbwys** a chryf a'r blew ar ei frest yn sticio at ei groen yn y gwres dan ni'n dau yn ei **gynhyrchu**. Dan ni'n un, yn **cydsymud** fel tasai o'r peth mwyaf naturiol yn y byd – a dyna ydy o, ynde, peth cwbl naturiol, y peth sy'n teimlo'n iawn.

Pan dw i'n deffro'r bore wedyn dw i'n **methu'n lân â** chofio lle dw i, ond mae'r breichiau cynnes sydd wedi eu lapio amdana i'n fy atgoffa i'n ddigon buan 'mod i ddim adra.

diflannu – *to disappear*	**cerfluniau** – *sculptures*
er gwaethaf – *despite*	**amgueddfa** – *museum*
anniddigrwydd – *discontent*	**cytbwys** – *balanced, equal*
tyner – *tender, gentle*	**cynhyrchu** – *to produce,*
pwrpasol – *deliberate*	*to generate*
medrus – *skilful*	**cydsymud** – *to move together*
gorfodi – *to force*	**methu'n lân â** – *to be totally*
chwysfa – *lather of sweat*	*unable to*
cynhyrfus – *excited*	

'Bore da ...'

Sibrwd yn fy nghlust mae Liam, gan gydio amdana i'n dynnach a chusanu fy **ngwar** i'n ysgafn.

'Paned?'

Mi ddylwn i fynd adra **ar fy union** ac mae fy stumog yn **clymu** wrth i mi feddwl beth ar wyneb y ddaear mae Dilwyn yn mynd i'w feddwl, a beth ar wyneb y ddaear dw i'n mynd i'w ddweud wrtho.

'I'll put the tecell on while you decide ...'

Yr eiliad mae Liam yn symud mae Oscar yn dod i'r golwg yn ysgwyd ei **gynffon** ac yn barod i ddechrau'r diwrnod. Fedra i ddim peidio â syllu ar Liam yn ei focsyrs yn llenwi'r tecell – ei gefn **trionglog** a'i ben-ôl twt, a'r coesau hir sydd wedi dal lliw'r haul hyd at ganol ei **gluniau**.

Mae'n eistedd ar ymyl y gwely gyda'r baned ac yn gwenu ei wên lydan.

'So. How are you feeling?'

Lle i ddechrau, ynte. Does gen i ddim syniad sut i ateb na be i'w feddwl am yr hyn ddigwyddodd neithiwr, ond dw i'n gwybod fod rhaid i mi fynd adra i **wynebu** beth bynnag sy 'na i'w wynebu. Dw i'n cydio yn fy ffôn – saith galwad heb eu hateb, pob un gan Dilwyn. Mae'n rhaid ei fod o heb ddweud dim wrth Sara neu mi fasai hi wedi bod yn ffonio a thecstio hefyd. Dw i'n cymryd llymaid o fy mhaned ac yn **mwytho** pen Oscar.

sibrwd – *to whisper*	**trionglog** – *triangular*
gwar – *nape of the neck*	**cluniau** – *thighs*
ar fy union – *immediately*	**wynebu** – *to face*
clymu – *to be in knots, to tie*	**mwytho** – *to caress*
cynffon – *tail*	

'Mae'n rhaid i mi fynd … I can't put it off any longer.'
Mae Liam yn **amneidio**.

'Ti'n iawn? I mean, obviously, this is all a bit … well, it's difficult for you given the circumstances. But for what it's worth, I don't regret a single second … and I hope you don't either.'

'No, I don't …' meddai fi, 'and somehow I wish I did …'
Dw i'n cydio amdano fo'n dynn cyn hel fy mhethau a mynd am y car. Mae Liam yn codi llaw arna i.

'You know where I am …'
Mae'r daith adra yn teimlo fel pum munud a phum diwrnod ar yr un pryd gyda phopeth yn symud mor **ara deg** o fy mlaen, er fy mod i fel taswn i wrth y tŷ **mewn amrantiad**. Mae cyrtans llofft Sara ar gau, felly mae'n amlwg ei bod hi ddim yn ymwybodol o be sy wedi digwydd.

Wrth fwrdd y gegin mae Dilwyn, a golwg heb gysgu **fawr ddim** arno. Mae ganddo fo baned o goffi o'i flaen ac mae'n edrych arna i fel taswn i'n ddynes **ddiarth**. Ond tybed ai dyna ydw i mewn gwirionedd?

'Be sy'n mynd ymlaen, Liz?'
Mae ei lais o'n dawel ac mae ei lygaid yn **archwilio** pob **modfedd** o fy wyneb. Dw i'n eistedd yn y gadair gyferbyn â fo.

'Wyt ti'n mynd i ddeud wrtha i lle est ti?'

amneidio – *to gesture*	**diarth** – *strange, unfamiliar*
ara deg – *slow*	**archwilio** – *to explore*
mewn amrantiad – *in the blinking of an eye, instantly*	**modfedd** – *inch*
fawr ddim – *hardly at all, hardly any*	

Mae ei lygaid yn **friw**, ond dw i'n gwybod bod rhaid i mi ddweud y gwir.

'Dw i ddim yn hapus, Dilwyn …'

'Be wyt ti'n feddwl, ddim yn hapus?'

'Jest … ddim yn teimlo fod pethau'n iawn …'

'Ers pryd wyt ti'n teimlo fel hyn?'

'Ers tro …'

'Ers tro? Ers faint o dro? Mis? Blwyddyn? Blynyddoedd?'

'**Dwn i'm** … misoedd, mae'n siŵr. Blwyddyn, ella. Ella mwy … Dw i ddim yn gwybod yn iawn.'

'Be wyt ti'n feddwl, ti ddim yn gwybod? Oeddet ti efo rhywun arall neithiwr? Dyna be ydy hyn?'

Dw i'n **edrych i fyw ei lygaid**, ond fedra i ddim ateb.

'Mi oeddet ti, yn doeddet! Mi wyt ti'n cael affêr, yn dwyt! Pwy ddiawl ydy o?'

'Dw i ddim yn cael affêr, Dilwyn …'

'Wel, doeddet ti ddim yn chwarae Scrabble Cymraeg neithiwr, nac oeddet!'

'Dw i ddim yn cael affêr. Dw i erioed wedi bod yn **anffyddlon** i ti o'r blaen.'

'Be, tan neithiwr? Lle wnest ti ffeindio fo mor handi? Does bosib fod **rhywun fatha ti** ar Tinder?!'

'Rhywun fatha fi? A be ydy "rhywun fatha fi", Dilwyn? Dynes ganol oed, ddiflas sy wedi gadael i'w hun fynd, ia? Dynes sy werth dim byd mwy na bod yn forwyn i'w gŵr

briw – *wound, hurt*	**anffyddlon** – *unfaithful*
dwn i'm – *I don't know*	**rhywun fatha ti** – *someone*
edrych i fyw ei lygaid – *to look* *him in the eye*	*like you*

a'i merch? Dynes fasai'r un dyn yn edrych ddwywaith arni, ia? Dyna ydy "rhywun fatha fi", ia?'

Dw i wedi codi fy llais a dw i'n clywed Sara'n symud i fyny'r grisiau. Mae'r dagrau'n llosgi fy llygaid i ac mi fedra i weld fod Dilwyn wedi cael braw.

'Mi wyt ti'n gwybod mai ddim dyna dw i'n ei feddwl. A chadwa dy lais i lawr …'

'Pam, ydw i'n codi cywilydd arnat ti? Bod yn wraig *embarrassing*? Ddim yn gwybod fy lle?'

'Wel, mi oedd gen i ddigon o gywilydd neithiwr, gan dy fod di'n holi – gorfod canslo swper funud olaf fel'na heb reswm call. Ro'n nhw'n gwybod yn iawn fod yna **rywbeth o'i le**. Oedd, roedd o'n *embarrassing* iawn a dweud y gwir.'

Ar hyn mae Sara yn dod i mewn yn ei *onesie* bwni efo clustiau arno.

'Be sy'n *embarrassing*? Dwyt ti ddim wedi bod ar y jin eto, wyt ti, Mam?! Wnes i grasio allan ar ôl dod 'nôl neithiwr – dw i wedi colli'r antics i gyd, mae'n rhaid!'

'Dy fam oedd yr unig un oedd yn gwneud antics. Ond ddim yn fan hyn.'

'O? Est ti allan, Mam? Cŵl! **Hen bryd** i chdi gael *night out*, Mam!'

'Do, mi aeth hi allan, yn do, Liz?'

'Paid, Dilwyn …'

'Pam ddim, Liz? Sgen ti ddim cywilydd, nag oes?'

'Dydy hyn ddim byd i'w wneud efo Sara …'

'Wel ma Sara yn hogan fawr rŵan, Liz – ac mae hi ar

---

rhywbeth o'i le – *something wrong*

ar hyn – *at that instant*

hen bryd – *about time*

fin symud i mewn at ei chariad a dechrau ar **berthynas hir dymor**. Dw i'n meddwl bod gan hyn bopeth i'w wneud efo Sara – ella neith o **les** iddi wybod nad ydy pethau wastad fel maen nhw'n ymddangos, a bod pobl yn medru dy **siomi** di ... dy **frifo** di ... torri dy galon di ...'

Mae ei lais yn cracio, ac mae Sara yn edrych arna i, ar ei thad, ac arna i eto.

'Be sy'n mynd ymlaen?'

'Gofyn i dy fam ...'

'Mam ...? Oes rhywbeth wedi digwydd?'

'Oes, cariad bach. Mae 'na rywbeth wedi digwydd ... A dw i'n sori.'

'Mi wneith hi gymryd mwy na "sori" ...'

Mae Dilwyn yn codi o'r bwrdd gan wthio'r gadair yn ôl yn swnllyd.

'Dw i'n mynd allan.'

Mae o'n cau'r drws yn glep, ac mae Sara yn eistedd yn ei le o.

'Be sy wedi digwydd, Mam?'

'Wnes i ... aros allan neithiwr. Drwy'r nos. Efo ... efo rhywun arall.'

'Wot? *As in* ... efo dyn?!'

'Ia, efo dyn.'

'Be, wyt ... Wyt ti'n gadael Dad?'

'Nac ydw, nac ydw, dw i ddim.'

'Dwyt ti ddim yn gadael?'

'Na, dw i ddim yn cael affêr.'

perthynas hir dymor – *long-term relationship*	**siomi** – *to disappoint*
	brifo – *to hurt*
lles – *good, benefit*	

'Ond mi wyt ti newydd ddeud ...'

'Neithiwr oedd y tro cynta i mi ei weld o ... fel'na. Ffrindiau oedden ni **cynt**.'

'Ffrindiau? Ond sgen ti ddim ffrindiau!'

'Nag oes ella. Ond ... wel, roedd gen i un, yn doedd ...'

'A ... be, ti'n ... ti'n ei garu o?'

'Dw i ddim yn gwybod.'

'Wyt ti am ei weld o eto?'

'Dw i ddim yn gwybod hynny chwaith.'

'Wel be wyt ti YN wybod, Mam?! God, mae hyn yn *total* llanast! Pwy ydy o?'

'Dwyt ti ddim yn ei nabod o.'

'Oh God ... ddim un o *freaks* y dosbarth Cymraeg?'

'Ia, **os lici di**.'

'O Maaaaam!'

Dw i ddim eisiau rhannu Liam efo unrhyw un ar y funud – ddim hyd yn oed drwy ddweud ei enw wrth Dilwyn nac wrth Sara. Fi **biau** fo. Fi biau neithiwr, a fi biau'r ffordd ro'n i'n teimlo pan oedd ei freichiau fo amdana i a'i anadl yn gynnes yn fy ngwallt. Fi biau'r Liz ddaeth yn fyw neithiwr am y tro cyntaf ers blynyddoedd. Dw i ddim yn siŵr be fydd hanes y Liz yna **o hyn allan**, ond dw i wedi dysgu un peth – sef fy mod i eisiau gafael yn dynn ynddi hi fel roedd Liam yn gafael amdana i neithiwr.

Ro'n i'n hoffi'r Liz welais i yn y campyrfan. Roedd hi fel hen ffrind sydd wedi **cilio** o fy mywyd ers blynyddoedd ond sydd wedi ymddangos eto yn **ddirybudd**. Ro'n i'n

cynt – *before, earlier*	**o hyn allan** – *from now on*
os lici di – *if you like*	**cilio** – *to retreat*
piau – *to own*	**dirybudd** – *without warning*

hoffi ei **hafiaith** a'i hyder a'r ffaith ei bod hi'n gyfforddus
yn ei chroen ei hun. Ro'n i'n hoffi ei hapusrwydd hi.

Helô, Liz – a chroeso 'nôl.

afiaith – *zest*

TRI MIS YN DDIWEDDARACH

Wnes i ddim llawer o ymdrech i guddio fy **mhechodau** efo Liam na llawer o ymdrech i'w gwadu pan **ddaeth y cyfan i'r amlwg**. Mi fasai **seicolegydd ceiniog a dima**, hyd yn oed, yn medru dweud yn weddol bendant mai eisiau cael fy nal oeddwn i. Ond pam? Er mwyn gadael Dilwyn? Dechrau ar fywyd newydd efo *toy-boy* golygus? Ailddarganfod fy **ieuenctid** ac **wfft** i bawb? Doedd yr un o'r rhain yn apelio **gant y cant**, ond ro'n i am i rywbeth ddigwydd – unrhyw beth, bron. Rhywbeth fasai'n gorfodi newid, yn ein gorfodi ni i edrych ar ein bywydau fel teulu ac ar berthynas Dilwyn a fi **yn benodol**, wrth i Sara symud allan a'n gadael ni'n gwpl unwaith eto.

Ac mi ddigwyddodd rhywbeth, yn do? Daeth Liam i fy mywyd – fel ffrind yn unig, erbyn hyn. Dw i wedi symud allan o lofft Dilwyn a fi ac wedi **ymgartrefu** yn hen ystafell Sara. Roedd Liam yn **daer** i mi symud i'r bwthyn tra basai o'n dal i fyw yn y campyrfan, ond doedd hynny

pechodau – *sins*	**wfft** – *to hell with!*
daeth y cyfan i'r amlwg – *it all came to light*	**cant y cant** – *hundred per cent, completely*
seicolegydd – *psychologist*	**yn benodol** – *specifically*
ceiniog a dima – *cheap, worthless*	**ymgartrefu** – *to settle*
ieuenctid – *youth*	**taer** – *eager*

ddim yn teimlo'n iawn. Beth bynnag, **pwy a ŵyr** nad dyna fydd yn digwydd yn y dyfodol?

Ar hyn o bryd dw i'n canolbwyntio ar ddod i ailadnabod fi fy hun. Mae'r awyrgylch rhwng Dilwyn a finnau yn **bigog** weithiau a thro arall yn gyfeillgar. Mae Liam **fel craig yr oesoedd**, a'i wên lydan yn **llonni** fy nghalon bob tro dw i'n **taro heibio**'r bwthyn am baned. Dw i'n gwybod ei fod o eisiau mwy na dw i'n medru ei roi ar hyn o bryd, ac mae **gwrthod** hynny iddo fel gwadu fy **ngreddf** a **dymuniad** pob un o **gelloedd** fy nghorff. Dw i'n ei golli o'n gorfforol er mai dim ond am un noson fues i yn ei freichiau. Bob tro dw i'n ei weld o dw i'n **ysu** i gydio amdano ac i deimlo'i gorff **eiddgar** yn fy erbyn i.

Ond am y tro – neu falle am byth – fy mherthynas efo fi fy hun sydd yn cael **blaenoriaeth**. Dyna'r wers, a dw i'n dysgu rhywbeth newydd bob dydd.

pwy a ŵyr – *who knows*	**greddf** – *instinct*
pigog – *prickly*	**dymuniad** – *desire, wish*
fel craig yr oesoedd – *solid as a rock*	**celloedd** – *cells*
	ysu – *to itch, to yearn*
llonni – *to gladden, to cheer up*	**eiddgar** – *ardent*
taro heibio – *to call by*	**blaenoriaeth** – *priority*
gwrthod – *to refuse*	

Geirfa

academaidd – *academic*
achlysur – *occasion*
achub y dydd – *to save the day*
addas – *appropriate*
addewid – *promise, vow*
addysg – *education*
afiach – *foul*
afiaith – *zest*
afreolus – *uncontrollable*
agosáu – *to approach, to draw nearer*
anghofus – *forgetful*
anghredinedd – *disbelief*
anghysurus – *uncomfortable*
aildwymo – *to reheat*
ailddarganfod – *to rediscover*
amau – *to suspect, to doubt*
amddiffynnol – *defensive*
amgueddfa – *museum*
amneidio – *to gesture*
amryliw – *multicoloured*
amrywiol – *varied, differing*
amynedd – *patience*
anadlu – *to breathe*
anaml – *seldom, infrequent*
anarferol – *unusual*
anelu – *to aim*
anffyddlon – *unfaithful*
annaturiol – *unnatural*

anniddigrwydd – *discontent*
anturiaethau – *adventures*
anwyla'n fyw – *most dear alive*
anwylyd – *loved one, darling*
ara deg – *slow*
arbenigwraig – *expert (fem.)*
archebu – *to order*
archwilio – *to explore*
ar draul – *at the expense of*
ar drothwy – *on the verge of*
ar ei dalcen – *on its head, down in one*
ar fin – *at the point of, about to*
ar fyr rybudd – *at short notice*
ar fy union – *immediately*
argol – *blimey*
argraff – *impression*
argraffu – *to print*
ar gyrion – *on the outskirts*
ar hyn – *at that instant*
atal dweud – *stammer*
atgoffa – *to remind*
atgyweirio – *to restore, to repair*
awydd bwyd – *appetite*
awyrgylch – *atmosphere*

balm – *balm*
beichio crio – *to sob*
beirniadol – *judgemental*
blaenoriaeth – *priority*

blaguro – *to bud, to flower*
bleraf – *untidiest*
blewyn – *hair*
bloneg – *(body) fat*
bodloni – *to be satisfied;*
to satisfy
bragu – *to brew*
braw – *fright*
brifo – *to hurt*
briw – *wound, hurt*
brwdfrydedd – *enthusiasm*
brwdfrydig – *enthusiastic*
busnesu – *to interfere, to be*
nosey
bwydydd bys a bawd –
finger food
bywiog – *lively*

cadair siglo – *rocking chair*
cais cyfaill – *friend request*
calonogol – *encouraging*
camddeall – *to misunderstand*
canlyniad – *result*
cannwyll fy llygad – *the apple*
of my eye
canolbwynt – *centre, core*
canolbwyntio – *to concentrate*
canslo – *to cancel*
cant y cant – *hundred per cent,*
completely
caredigrwydd – *kindness*

carthen frethyn – *worsted*
blanket
cefnogi – *to support*
ceiniog a dima – *cheap, worthless*
celloedd – *cells*
cenfigen – *jealousy*
cerfluniau – *sculptures*
cesail – *armpit*
cilio – *to retreat*
cipio – *to seize, to snatch*
clefyd – *disease*
cluniau – *thighs*
clustog – *cushion, pillow*
clymu – *to be in knots, to tie*
cnawd – *flesh*
cneuen – *nut*
cochi – *to blush*
codi fy ysbryd – *to raise my*
spirits
coflaid – *hug, embrace*
cofnodion – *minutes*
(of meeting)
colur sylfaen – *foundation*
(makeup)
coluro – *to apply makeup*
coll – *lost, missing*
craffu – *to gaze, to observe*
closely
crefu – *to yearn, to crave*
creisus canol oed – *mid-life*
crisis
croen gŵydd – *goosebumps*

croesawgar – *welcoming*
crosio – *to crochet*
crwydro – *to wander*
cryn dipyn – *quite a bit*
cwffio – *to fight*
cwyno – *to complain*
cydio – *to grab*
cydsymud – *to move together*
cyfadde – *to admit*
cyfagos – *nearby*
cyfandiroedd – *continents*
cyfarch – *to greet*
cyfeillgarwch – *friendship*
cyflawni – *to achieve, to fulfil*
cyfoethogi – *to enrich*
cyfrannu – *to contribute*
cyfuniad – *combination*
cyfweliadau – *interviews*
cyffyrddiad – *touch, contact*
cyhyrog – *muscular*
cymhorthydd dosbarth – *classroom assistant*
cymhwyso – *to qualify*
cymryd sylw – *to pay attention*
cynffon – *tail*
cynhyrchu – *to produce, to generate*
cynhyrfu – *to become excited, to excite*
cynhyrfus – *excited*
cynllun – *plan*
cynllunio – *to plan*

cynnwrf – *excitement*
cynt – *before, earlier*
cynyddu – *to increase*
cysgod – *shade, shadow*
cystadleuol – *competitive*
cysur – *consolation*
cytbwys – *balanced, equal*

chwalu – *to break down, to fail*
chwedloniaeth – *mythology*
chwiban – *whistle*
chwilfrydedd – *curiosity*
chwilota – *to search, to rummage*
chwistrellu – *to spray*
chwyrnu – *to snore*
chwysfa – *lather of sweat*

dadwisgo – *to undress*
daeth y cyfan i'r amlwg – *it all came to light*
dagrau – *tears*
datganiad ffasiwn – *fashion statement*
dathliadau – *celebrations*
dawnsfeydd – *dances*
dedwydd – *blessed, happy*
defnydd – *material*
delfrydau – *ideals*
derw – *oak*
deugain – *forty*

diamynedd – *impatient*

diarth – *strange, unfamiliar*

didaro – *nonchalant, unconcerned*

difaru – *to regret*

diflannu – *to disappear*

difyr – *interesting*

dihangfa – *escape*

di-hid – *indifferent*

dilledyn – *item of clothing*

diniwed – *innocent*

diofal – *careless*

diosg – *to take off (clothing)*

di-ri – *innumerable*

dirybudd – *without warning*

di-sail – *unfounded*

disgwyliadau – *expectations*

disymwth – *abrupt, unexpected*

does dim byd yn bod ar – *there's nothing wrong with*

dotio ar – *to dote*

dros ben – *left over*

dros fy mhwysau – *overweight*

dwn i'm – *I don't know*

dwylo noeth – *bare hands*

dur – *steel*

duwcs – *a mild exclamation*

dychmygu – *to imagine*

dychryn – *to frighten*

dychymyg – *imagination*

dyfeisgarwch – *inventiveness*

dyfrllyd – *watery*

dyheu – *to yearn*

dyletswyddau – *duties*

dymuniad – *desire, wish*

dyna biti – *what a shame*

edrych i fyw ei lygaid – *to look him in the eye*

eiddgar – *ardent*

eiddigeddus – *jealous*

eillio – *to shave*

er gwaethaf – *despite*

er mawr gywilydd i mi – *to my great shame*

esgeuluso – *to neglect, to disregard*

etifeddu – *to inherit*

euog – *guilty*

euraidd – *golden*

faint fynnwch chi – *as much as you want*

fawr ddim – *hardly at all, hardly any*

fedra i ddim llai na – *I can't help*

fel craig yr oesoedd – *solid as a rock*

ffeind – *kind*

ffiaidd – *disgusting*

ffroenau – *nostrils*
ffug – *fake*
ffuglennol – *fictional*
ffurfio – *to form*
ffurfiol – *formal*

gardd lysiau – *vegetable garden*
geifr – *goats*
gerllaw – *nearby*
go brin – *scarcely, hardly*
gochel – *to avoid*
godro – *to milk*
goleuach – *lighter*
golosg – *charcoal*
golygu – *to mean, to signify*
gorchuddio – *to cover*
gordd – *sledgehammer*
gorfodi – *to force*
greddf – *instinct*
greddfol – *instinctive*
gronynnau – *grains*
gwadan – *sole*
gwadu – *to deny*
gwahodd – *to invite*
gwaith llanw – *supply work*
gwar – *nape of the neck*
gwasanaethu – *to serve*
gweddnewidiad – *transformation*
gwefr – *thrill*
gwefusau – *lips*

gweini – *to wait (upon)*
gweinyddu – *administrate*
gweirgloddiau – *meadows*
gweithgaredd – *activity*
gwelw – *pale*
Gweplyfr – *Facebook*
gwerthfawrogi – *to appreciate*
gwerth y drafferth – *worth the trouble*
gwingo – *to writhe*
gwireddu – *to fulfil, to make true*
gwirio – *to check*
gwisgo amdana i – *to get (myself) dressed*
gwneud yn fawr o – *to make the most of*
gwneud y tro – *to make do*
gwn tanio – *spray tanning gun*
gwrando'n astud – *to listen intently*
gwrthod – *to refuse*
gwylltio – *to lose one's temper*

hadau – *seeds*
haenen – *layer*
hambwrdd – *tray*
hawlio – *to claim*
heb ei ail – *unrivalled*
heddwch – *peace*
heini – *fit*

hel atgofion – *to reminisce*
hen bryd – *about time*
hen ffash – *old fashioned*
hepian cysgu – *to doze*
hiraeth – *longing, sadness
after the loss or departure
of someone*
holi hanes – *to ask about*
hudolus – *magical, enchanting*
hunangofiannau –
autobiographies
hunanymwybodol –
self-conscious
hydrefol – *autumnal*
hyn, llall ac arall – *this, that
and the other*

iechyd – *health*
ieuenctid – *youth*
imiwnedd – *immunity*
i'n plith ni – *into our midst*

locsyn – *beard*

llamu – *to leap*
llanast – *mess*
llechen – *slate*
llechwraidd – *sly, furtive*
lleddfu hwyl ddrwg –

to alleviate a bad temper
lles – *good, benefit*
llesol – *beneficial*
llifo – *to flow*
llithro – *to slip*
llond bol – *bellyful, as much as
one can tolerate*
llonni – *to gladden, to cheer up*
llwch – *dust*
llydan – *wide*
llymaid – *sip*
llyncu'n gam – *to swallow the
wrong way*
llywodraethwyr – *governors*

machlud – *to set (of sun)*
maddau – *to forgive*
magu hyder – *to gain
confidence*
mamol – *motherly*
medrus – *skilful*
meddai – *says; said*
meddyliau – *thoughts*
megis dechrau – *only just
beginning*
meiddio – *to dare*
melynu – *to become yellow*
methu'n lân â – *to be totally
unable to*
mewn amrantiad – *in the
blinking of an eye, instantly*

mewn gwirionedd – *in truth, in reality*
mi wneith hynny'r tro – *that will do*
minlliw – *lipstick*
mislif – *period, menstruation*
moch rhywiaethol – *sexist pigs*
modfedd – *inch*
mwmian – *to mutter*
mwydro – *to moither, to ramble on*
mwytho – *to caress*
mwy neu lai – *more or less, to some extent*
mynd yn groes i drefn natur – *to go against nature*
mynnu – *to insist*

naid – *jump*
naws – *atmosphere*
negesu – *to message*
newid dy gân – *to change your tune*
niferus – *numerous*
nodweddiadol – *typical, characteristic*
nodweddion daearyddol – *geographical features*
nwyddau harddwch – *beauty products*
nyth wag – *empty nest*

ochneidio – *to sigh*
o ddifri – *serious*
oedi – *to pause*
oerfel – *cold(ness), chill*
o hyn allan – *from now on*
ôl – *mark, stamp*
OMB – *O Mam Bach (an exclamation!)*
osgoi – *to avoid*
os lici di – *if you like*

parchus – *respectable*
pechodau – *sins*
pefrio – *to sparkle*
penderfynol – *determined*
perchen ar – *to own*
perchennog – *owner*
perthynas – *relationship*
perthynas hir dymor – *long-term relationship*
peswch – *to cough*
piau – *to own*
pigog – *prickly*
pilipalod – *butterflies*
pioden – *magpie*
piwis – *surly*
prin – *rare*
priodas – *marriage, wedding*
Priodas Berl – *Pearl Wedding Anniversary*
profiad – *experience*

profiadol – *experienced*
pryder – *concern*
prydlon – *punctual*
prysurdeb – *busyness*
pwl o nerfusrwydd – *an attack of nerves*
pwrpasol – *deliberate*
pwy a ŵyr – *who knows*

rhagor – *more*
rhoi clec i – *to down (a drink)*
rhoi dŵr poeth (iddo fo) – *to give (him) indigestion*
rhwng cwsg ac effro – *half asleep (between sleeping and waking)*
rhwystredigaeth – *frustration*
rhyddhau – *to release*
rhywbeth o'i le – *something wrong*
rhywun fatha ti – *someone like you*

saer coed – *carpenter, joiner*
saib – *pause, break*
sawdl – *heel*
serth – *steep*
siarsio – *to command, to charge*
sibrwd – *to whisper*
siomedig – *disappointed*

siomi – *to disappoint*
slafio – *to slave*
smalio – *to pretend*
smotiog – *spotty*
steilydd – *stylist*
styrbio – *to disturb*
sugno – *to suck*
swil – *shy*
Swydd Derby – *Derbyshire*
swyno – *to charm*
sychydd – *dryer*
sylfaenol – *basic*
syllu – *to stare*
synfyfyrion – *daydreams*
synhwyro – *to sense*

taer – *eager*
tai bonedd – *mansions*
talcen – *forehead*
talsyth – *tall and upright*
taro heibio – *to call by*
tawelwch – *quietness, stillness*
teimladau cymysg – *mixed feelings*
tendio – *to tend, to wait upon*
tincran – *to tinker*
tlos – *pretty (fem.)*
toddi – *to blend*
toriadau – *cuts*
tramgwyddo – *to offend*

treuliad – *digestion*
trin fel morwyn – *to treat like a maid*
trionglog – *triangular*
troi arna i – *to turn my stomach*
troi a throsi – *to toss and turn*
trwsgl – *awkward, clumsy*
trydanol – *electrifying*
tuedd – *tendency*
twt – *tidy*
tyddyn – *smallholding*
tyngedfennol – *critical, crucial*
tyner – *tender, gentle*
tynhau – *to tighten*
tystysgrifau – *certificates*

ufudd – *obedient*
ufuddhau – *to obey*
unllygadog – *one-eyed*

wele – *behold*
wfft – *to hell with!*
wynebu – *to face*

ychwanegu – *to add*
ynganu – *to pronounce*
ynghlwm â – *connected to*
ymarfer corff – *exercise*
ymateb – *reaction; to react*
ymdopi – *to cope*
ymdrech – *effort*
ymddangos – *to appear*
ymddangosiad – *appearance*
Ymddiriedolaeth Genedlaethol – *National Trust*
ymgartrefu – *to settle*
ymroddgar – *dedicated, devoted*
ymwybodol – *aware, conscious*
yn benodol – *specifically*
yn ddeddfol – *regularly, without fail*
yn enwedig – *especially*
yn groes i'r disgwyl – *quite unexpectedly*
yn rhannol – *partly*
yn y fan a'r lle – *there and then*
ysgaru – *to divorce*
ysu – *to itch, to yearn*

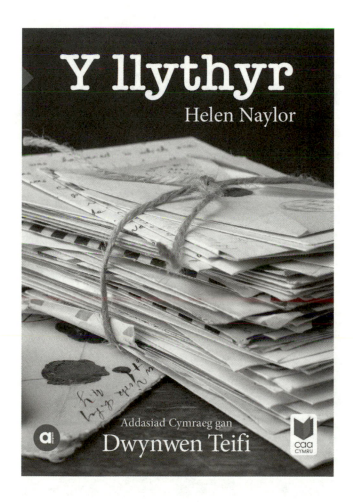

Y llythyr

Helen Naylor

Addasiad Cymraeg gan
Dwynwen Teifi

Cawl

A STRAEON ERAILL

Sarah Reynolds · Mared Lewis · Mihangel Morgan
Lleucu Roberts · Ifan Morgan Jones · Euron Griffith
Cefin Roberts · Dana Edwards

amdani

Y Lolfa